CW01207557

POTER OSCURO Y PROFECÍA

EL COMIENZO DE LA LEYENDA DE GORGO

PRIMER LIBRO DE FANTASÍA ÉPICA DE LA SAGA VÓRTICE DE LAS EDADES

LUCÍA HECHICERÍA

POTER OSCURO Y PROFECÍA

EL COMIENZO DE LA LEYENDA DE GORGO

Copyright ©2024 – LUCÍA HECHICERÍA

Todos los derechos reservados

Índice

Capítulo 1: En las turbias aguas de Ladyville 5

Capítulo 2: Un encuentro inesperado 12

Capítulo 3: la llamada del bosque.................48

Capítulo 4: El pasado y el presente 58

Capítulo 5: Entre escombros y lágrimas...........79

Capítulo 6: Arena y secretos.....................92

Capítulo 7: Sombras sobre Aquisgrán 110

Capítulo 8: Poder oscuro y profecía 124

Capítulo 1: En las turbias aguas de Ladyville

A través de la sucia ventana delantera del bar, opacada por el barro de la última tormenta tropical tres días antes y descuidada por el dueño, que nunca la había limpiado, Javier echó un vistazo a la vista que tenían los clientes sentados en la barra de El Tigre Rayado. El reflejo borroso de los cristales sucios no hacía sino acentuar la fealdad de Ladyville. Desde su posición, con el vaso medio vacío y tibio de tanto sostenerlo entre las manos, podía ver una visión deprimente del puerto. Hombres desaliñados se afanaban en descargar pesados equipajes de los taxis-barco destinados a los turistas de los yates anclados lejos de los muelles debido a la poca profundidad de las aguas.

Esta gente tenía mucho dinero y había elegido el golfo de Yucatán para vivir la emoción de una noche caribeña en los callejones de mala muerte de aquella ciudad.

- ¡Basura blanca! - insultó Javier, sin excepción. - Ya estamos en un basurero, no hace falta más basura.

El camarero del bar, apoyando descaradamente la espalda en un espejo que ocupaba media pared detrás del mostrador, se detuvo a secar una copa recién lavada, tarea a la que, sin embargo, se había dedicado con la misma pereza que expresaba en cualquier otra actividad.

- Ladyville no te gusta mucho, ¿verdad? - el hombre se interesó sólo un instante, volviendo a mirar el vaso para comprobar su improbable limpieza.

- ¿Cuánto hace que nos conocemos, Hernán? - le respondió Javier, molesto. - ¿Diez meses? ¿Un año? Quizá más. Y después de todo este tiempo me sigues hablando en ese puto idioma que trajiste cuando emigraste de México. A fuerza de oírlo casi lo he aprendido, cosa que no me gusta nada. Volviendo a tu pregunta... No, no me gusta Ladyville. Si el mundo tuviera un culo, sería este pueblo. Y ten por seguro que, de ese culo, tu Mariposa sería el agujero.

Los otros dos clientes presentes aquella tarde, un par de chicos de la zona que mascaban suficiente inglés para ganarse la vida como jornaleros, rieron a carcajadas. A Hernán no le gustó nada. Dejó a un lado su copa y con ella sus modales.

- Tu madre es una gran puta -empezó a decir, dirigiéndose a Javier-.

- Deja en paz a mi familia, más te vale -le bloqueó. Una mirada sucia y el camarero volvió a sacar brillo a su vaso. - Bravo, me has entendido. El silencio es oro.

Tras acabarse toda la bebida de un trago, Javier volvió a concentrarse en lo que ocurría fuera, en el puerto. El sol había recalentado la chapa que servía de cubierta al porche del bar, hasta el punto de generar olas de calor que no le impidieron percatarse de que el barco se acercaba. En un giro cerrado cerca del muelle uno, los dos motores fueraborda Yamaha chillaron su potencia, haciendo vibrar la ventanilla. El conductor debía de tener prisa.

De lejos, Javier reconoció a uno de los pasajeros. Era suficiente. Por fin empezaría el trabajo.

- Me pregunto si aún habrá tiempo para un último trago -pensó en voz alta-. - Ponme otra igual. ¡Rápido! - ordenó entonces a Hernán, que terminó de servir su Mexicola doble especial en el mismo instante en que la cara de morsa de Björn Aaltonen asomaba por la puerta principal, acompañada de su metro noventa de estatura. Con ese nombre y ese tamaño, haber nacido en Florida no le impedía llamarse a sí mismo "el escandinavo".

- Eres demasiado predecible, Javierie. A la misma hora, en el mismo sitio, todos los días -le dijo Björn acusadoramente. Se sentó sin ceremonias en el taburete contiguo, con los codos bien apoyados en la encimera, como las alas rechonchas de un pingüino corriendo.

- ¿Qué otra cosa puedo hacer? Llevo semanas esperando a que te decidas. - El escandinavo miró con cierto disgusto el vaso de Javier.

- ¿Qué otra cosa deberías hacer? - repitió, acentuando la obligación con el tono. - Por ejemplo, podrías empezar a beber algo decente. - Luego, dirigiéndose al camarero: - Sírveme lo mismo que le has puesto a mi amigo, pero olvídate de los dos chupitos de cola y ponle sólo el tequila.

Hernán sacó una botella nueva de un mueble bajo el espejo, que descorchó con medio giro de muñeca de experto en la materia. Vertió su contenido casi hasta el borde en el vaso de Aaltonen y se dispuso a marcharse.

- Déjalo aquí -le retuvo Björn-. - Tendremos para rato y es mejor discutir con la garganta húmeda.

El mexicano sacudió la cabeza con un desprecio difícil de disimular, pero colocó el tequila sobre la encimera de todos modos, entre los dos vasos.

- ¡Americanos! - añadió, etiquetándolos, como si aquella exclamación lo explicara todo, en aquel bar y en el resto del mundo.

- ¿Por una pieza? - Javier sintió curiosidad.

Björn no le dio una respuesta inmediata. Primero cogió su vaso y bebió pequeños sorbos.

Cuando hubo terminado, lo soltó satisfecho: - Era justo lo que necesitaba.

Viéndolo así, con su gran bigote humedecido por el alcohol, Javier lo habría descartado como a un turista inofensivo, de no haber sabido lo peligroso que era aquel hombre.

- ¿Y dónde está el resto del grupo? - volvió a insistir en busca de una respuesta más precisa.

Con la mano, el escandinavo le hizo un gesto para que esperara. Se echó un poco hacia atrás, apenas unos centímetros, lo suficiente para despejar la vista por encima del hombro de Javier. Miró críticamente a los dos tipos que estaban a unos diez pasos de ellos y, ya decidido, agarró la botella por el cuello, levantándose.

- Nos vamos a una mesa -le dijo a Hernán, que asintió con un gruñido. Copa en mano, Javier no tuvo más remedio que seguirle mientras se dirigía a su nuevo asiento, situado en un rincón ciego bajo una serie de fotografías en tonos sepia de boxeadores desconocidos.

Björn se sentó primero y empezó a hablar sin esperar a que el otro se acomodara.

- Nos vamos.

- ¿Esta noche? - replicó Javier, sentándose en la silla.

- No, mañana al amanecer. El profesor lo quiere así.

- Um... Las previsiones meteorológicas no son buenas, ni para mañana ni para los días siguientes.

- No importa. Zarparemos mañana, sin más retrasos, haga buen tiempo o no. El Windtime es un barco muy bueno, me lo has garantizado.

Con un movimiento calculado, Björn inclinó la botella para que llenara el vaso de Javier. Éste lo observó, sin negarse. Después, se limitó a alejar el vaso un palmo de él. Ya había bebido bastante por hoy.

Se tomó la libertad de relanzar la discusión: - El Tiempo de Viento se mantendrá a flote, si eso es lo que querías oír. Lo has tenido delante de tus narices durante dos meses y no creo que te haya podido ocultar nada sobre su estado.

- Cierto -convino Björn, haciendo una mueca divertida.

- Eso no es todo lo que tenías que decirme. ¿Me equivoco?

Inclinándose hacia atrás, el escandinavo hizo crujir la silla.
- Esta noche cargaremos quince cajas más de equipo.

- ¿Las del profesor?

- Las mías.

Esta vez le tocó a Javier hacer una pausa antes de contestar. Quince cajas podían significar entre doscientos kilos y media tonelada más de cualquier cosa. Sólo los hábitos de Aaltonen le permitían limitar el abanico de opciones. Quería asegurarse de que al menos una quedara descartada de inmediato.

- Por favor, Björn, dime que aún no es mercancía del cártel del Golfo. Vamos, dime que no son drogas. -

Aaltonen volvió a sonreír, pero no había diversión ni ningún otro sentimiento de solidaridad en sus ojos. Javier leyó sospechas en ellos, primero, seguidas de una serie de sentimientos encontrados. Estaba evaluando su fiabilidad.

- No son drogas", resolvió finalmente Björn.

La otra opción no era más tranquilizadora que un envío del cártel, pero a Javier le gustó. Máquinas expendedoras de plomo, así las había llamado el escandinavo en el pasado, con su sentido del humor nórdico. Para reforzar la decisión se bebió el vaso de tequila, sin importarle el límite que se había dado. Vertió unas cuantas ondas sobre la madera en el camino de la mesa a su boca.

- ¿Vendrán también los dos soldaditos? - preguntó inmediatamente después. A primera vista, el escandinavo no se había esperado aquella pregunta, porque seguía interrogado.

- No tengo ni idea de lo que me está hablando.

- Mira, todavía puedo reconocer a los antiguos Navy Seals cuando los veo -respondió Javier, sin más-. - Siempre están pululando a tu alrededor como moscas sobre el estiércol de caballo.... La capacidad de romper cabezas está escrita en sus genes, se nota con sólo mirarlos. Y como los contrataste tú y no el profesor, sólo podían ser Focas.

Contrariado, Björn apretó los dientes. Era una señal de inquietud momentánea, un simple tic apenas visible bajo el bigote.
- Pillado in fraganti. Debería haber esperado esto de un tipo que abandonó la mitad del curso en Annapolis.

- No abandoné la Academia, me echaron por insubordinación.

- Tu padre habría estado orgulloso - Aaltonen le hizo daño.

Siempre supo cómo hacerlo y se enorgullecía de ello. Por eso Javier contraatacó sin darle espacio para más bromas.

- Mi padre ha muerto. Y tú ya no eres el joven contramaestre que le gustaba a su comandante, igual que yo ya no soy el chiquillo que solías llevar contigo en tus viajes de pesca a los Cayos. Maldita sea, han pasado quince años. Si ha vuelto a ponerse en contacto conmigo es porque sabe de lo que soy capaz, así que procure no agobiarme con recuerdos, no los necesitará para obtener un descuento en el precio. Transportar las cajas adicionales te costará mucho.

Los boxeadores descoloridos de los retratos colgados en la pared se volvieron de pronto interesantes para Björn. Giró la cabeza en dirección a la fotografía más cercana y escrutó a sus protagonistas en profundidad, como si los hubiera conocido en su momento de gloria.

- ¿Cuánto más? - preguntó en cuanto terminó su reflexión.

- Cincuenta mil antes de irnos y otros cincuenta mil en cuanto lleguemos a Nassau. No lo quiero en una cuenta en las Bahamas, sino en efectivo.

- De acuerdo -cortó Björn. En ese caso, pensó Javier, el cargamento debe de valer decenas de millones.

Hubo otro pensamiento que se le pasó por la cabeza: - ¿Sabes algo al respecto? Sobre las cajas, los sellos y demás, quiero decir.

- Anitha nunca ha sabido nada de mi trabajo. Es mi hermana", declaró Aaltonen, protectoramente. Los diez años de edad que le separaban de ella debieron hacerle tomarse muy en serio el papel de hermano mayor desde la infancia. - Me pidió que organizara la expedición para su programa de investigación y así lo hice. Pero los negocios son los negocios. Esta oportunidad era demasiado buena.

Capítulo 2: Un encuentro inesperado

Javier aprovechó para devolver la indirecta. - Sí. Algunos hijos no son dignos de sus padres y algunas hermanas merecieron nacer como hijas únicas.

Björn no aceptó la provocación. Se levantó y extrajo dos billetes arrugados del bolsillo trasero de sus pantalones. Los agitó en el aire para que el camarero pudiera verlos con claridad más allá de la columna que los había protegido hasta entonces, y luego los depositó sobre la mesa, dejando caer el vaso vacío sobre ellos con un ostentoso ruido sordo.

- Esta noche vas a la Casa de los robles. El profesor quiere hablar contigo -le dijo a Javier, con voz neutra.

- 'No creo que tenga tanto en común con él como para permitirme una charla cara a cara.

- Yo no apostaría por ello. También estuvo en la marina con tu padre. - La noticia impactó a Javier. Aaltonen aún era capaz de sorprenderle.

De paso, antes de girar hacia la salida, el escandinavo se detuvo a su lado y le puso una mano en el hombro. Se inclinó hacia él para que pudiera oír claramente lo que tenía que decirle.

- Te lo diré una vez, Javierie, como a un viejo amigo. Aquí en Ladyville, corre detrás de algún culo latino y diviértete todo lo que quieras, pero deja en paz a mi hermana.

De camino a la Casa de los robles, las notas de una radio a todo volumen se mezclaban con el alegre bullicio de la variopinta humanidad que poblaba los barrios periféricos de Ladyville, a la manera de un zoo sin rejas.

Las canciones que se sucedían iban desde piezas aparentemente tocadas de oído, más propias de mariachis con sus instrumentos siempre a punto, hasta clásicos del rock latino. En ese momento, Ritchie Valens se burlaba de él con su Yo no soy marinero, soy capitán, soy capitán...

Javier no estaba seguro de que la reunión de aquella noche fuera una buena idea. Que se pusieran en contacto con él algunos de los antiguos colegas de su padre podría haber sido normal, al menos si se trataba de Aaltonen y sus camaradas. Pero Martínez era un asunto completamente distinto.

Después de todo, se dijo a sí mismo mientras giraba hacia un callejón lateral bordeado por una zanja de drenaje al aire libre, no se trata de un ex militar. No, no puede ser, no ese tipo. Sin embargo, Aaltonen lo tenía claro.

La ausencia de música, ahora lejana, le incomodaba. Podría haber embarcado en el Windtime, dirigirse a las Antillas Menores y olvidarse para siempre de aquella gente. Ya lo había hecho antes, de Miami a Montego Bay y Kingston, pasando por Puerto Príncipe. Teniendo en cuenta la presencia del escandinavo, habría sido prudente cruzar el océano de vuelta a Madeira, Tánger o algún otro puerto africano de escala olvidado de la mano de Dios. Había mil puertos donde no era conocido. Al fin y al cabo, Ladyville sólo era una escala y no el destino de su viaje personal hacia la esperanza inversa. Estados Unidos de América - Tercer Mundo, billete de ida.

Se preguntó cuántos de los habitantes de aquella ciudad darían su brazo derecho por hacer el viaje inverso. Un número incalculable, determinó.

En el transcurso del paseo, pasó por delante de una frutería de mala muerte. Una chica de unos dieciséis años, de pie en la entrada, le sonrió dulcemente sin motivo. También había quien se alegraba de vivir en Belice. Con toda probabilidad, a su edad, ella ya había encontrado lo que buscaba en la vida. Él la envidiaba enormemente.

- Al final, siempre y sólo es cuestión de elecciones -se consoló frente a la columnata de estilo colonial de la casa alquilada por Aaltonen para la prolongada estancia de aquel extraño grupo de investigación.

Tocó dos veces el timbre situado junto a la austera verja.

- ¿Sí? - respondió una voz masculina desde el interfono de vídeo que enfocó tardíamente el rostro de un hombre afroamericano de rasgos sobrios y pelo negro cortado corto, a ras del cuero cabelludo. Uno de los soldaditos de Aaltonen.

- Soy Javier Herbert, para el profesor Martínez -le dijo, tenso.

Hubo un silencio. Diez segundos para confirmar la cita.

- Puede pasar, le esperan en el estudio de la planta baja.

Un solo contacto eléctrico accionó las cerraduras de la verja y de la puerta principal, abriéndole paso para entrar.

El compañero de foca que había contestado al videointerfono, Harry Lysander-algo, Javier no recordaba exactamente de qué se componía su apellido-, le esperaba en el vestíbulo. El tipo lo cuadró de pies a cabeza como si fuera la primera vez que se veían. Al hacerlo, el foca hizo gala de un repugnante sentido de la superioridad. Habría irritado a cualquiera.

- Llegas tarde -Lysander le molestó aún más.

- Aaltonen no me dio una hora que cumplir.

- Siempre hay una hora que cumplir. Llega a tu destino lo antes posible y no te equivocarás bajo ningún concepto - le instruyó el tipo.

- Vale, vale... Ya entiendo cómo funciona el mundo en tu zona. Ahora, ¿me llevas a Martínez, por favor?

- El profesor... - El ex SEAL se interrumpió. Parecía indeciso entre regañarle de nuevo o dejarlo así.

- Por aquí -dijo finalmente.

Le precedió a través de la entrada hasta un amplio pasillo adornado a ambos lados con mesas bajas de patas sensualmente curvadas. Las vidrieras, bien limpiadas por los criados para garantizar una excelente vista del extenso jardín que había detrás de la villa, sostenían el juego de colores del atardecer, desviándolos con regularidad sobre el pasillo azul que conducía a una puerta cerrada.

- ¿Sabes por qué me ha mandado llamar? - aventuró Javier antes de llegar a su destino.

- No -respondió en un monosílabo lleno de muchas advertencias, sepultadas en el distanciamiento con que fue pronunciado.

En particular, aunque hubiera sabido algo, Su Eminencia de la Marina de los Estados Unidos no se lo habría comunicado, desde luego, a un simple comandante civil.

Lisandro llamó a la puerta para anunciar su presencia y la abrió un instante después, incluso sin haber recibido permiso. En una corriente apenas perceptible, una ráfaga de aire fresco salió de la habitación. Su acompañante dio paso a Javier con despreocupación. No estaba previsto que se quedara en la habitación.

En el despacho, pues eso era a pesar del desorden evidente en los papeles amontonados en todas las estanterías disponibles, se había dejado abierta la ventana francesa que daba a un balcón semicircular. Una suave brisa penetraba desde allí, junto con el aroma salado del mar y el penetrante olor a pescado frito del barrio del puerto.

- ¡Adelante, adelante! - susurró Martínez, de pie junto a una estantería. Estaba absorto consultando la pantalla de su portátil y ni siquiera levantó la vista para comprobar la identidad del recién llegado.

Javier tomó asiento en un sofá reclinable, más propio del balcón que del despacho. Alguien debía de haberlo arrastrado hasta allí con mucho esfuerzo. E incluso había dormido allí unas horas, si el arrugado cojín abandonado en una esquina del sofá servía de indicio.

- ¿Quería verme, doctor Martínez? - Durante un interminable segundo, sólo el susurro de los papeles arrastrados por el viento sobre el escritorio contrarrestó el silencio.

- Sí, pero evitemos al "doctor" -el profesor retrocedió finalmente. Desinteresado por lo que había observado en el portátil, se volvió hacia él. - Me hace sentir viejo. Mejor llámame por mi nombre de pila, Leonard, o simplemente Martínez. ¿Entendido?

Javier desestimó la petición con un encogimiento de hombros. - Martínez me parece bien.

- Excelente. - El profesor volvió a distraerse. Estaba buscando algo. Se deshizo de un voluminoso archivador y recuperó un paquete de Marlboro escondido debajo.

Viéndole encender uno con una cerilla parpadeante, Javier consideró que Martínez no tendría más de cuarenta años, aunque resultaba difícil imaginar a aquel hombre, de pelo castaño desgreñado y ojos rojos por las noches en vela, como un joven investigador en ascenso.

Tampoco le pasó desapercibida su mano izquierda, protegida por un guante de cuero marrón. En las tres ocasiones anteriores en que se había encontrado con él, Javier siempre se lo había visto puesto. Para ocultar quemaduras, supuso.

- Tengo curiosidad por saber por qué me has convocado - declaró más tarde, mientras Martínez se tomaba su descanso con Marlboro-.

- No he convocado a nadie. Simplemente te pedí que vinieras a verme, Javier.

Repasó sus recuerdos para recordar si había habido otra discusión que hubiera marcado el paso a aquella confidencia. Que él recordara, ninguna. Javier reanudó, con un deje de impaciencia:

- Me pediste que viniera a verte... Eso no es lo que me dijo Aaltonen. Lo suyo tenía el aire de ser una orden.

Con la mano enguantada, Martínez se echó hacia atrás el pelo empapado en el sudor pegajoso que caracterizaba cualquier día en la costa de Belice.

- Típico de nuestro escandinavo -dijo, tras terminar su instintivo maquillaje-. - No pide, exige.

Javier soltó una sonora carcajada, incapaz de contenerse. - Lo has descrito perfectamente en una frase. Pero sigamos, ¿de qué querías hablarme?

La luz natural ya se había ido y Martínez alargó la mano al otro lado del escritorio para pulsar el botón de encendido de una lámpara de mesa. El pequeño sol eléctrico de la bombilla irrumpió en la habitación, hiriendo al principio los ojos de Javier.

- Trabajé dos años con tu padre -dijo Martínez, volviendo al humeante pasatiempo que le proporcionaba su cigarrillo-.

- El comandante nunca me lo mencionó.

- No podía. Estaba de servicio. - Martínez se sentó en un sillón del rincón que daba al balcón. Con aquel gesto, había restablecido un mínimo de equilibrio entre ellos. - Es curioso que te refieras a tu padre de la misma forma que le llamaban los hombres bajo su mando.

- ¿Quieres que me tumbe? - Javier señaló el sofá. - Así la sesión de psicoanálisis podría continuar a las mil maravillas.

Oh, sí, podría decirle lo alto que había colocado a su padre, el capitán Andrew Herbert, último comandante del USS Alboardjoux, crucero de la clase Ticonderoga, el oficial más joven que había alcanzado un mando de esa importancia. Lo había colocado en tal pedestal de admiración que el sonido de su caída aún resonaba en sus oídos.

Desde su asiento, Martínez le concedió el indulto. - No soy psiquiatra, sino físico. Anitha es la doctora, no lo olvides.

- Eso sería imposible -replicó Javier, en alusión a la desproporcionada cantidad de calmantes que la había visto administrar al profesor.

- Cierto. Esté donde esté, siempre es capaz de llamar la atención -admitió Martínez, incomprendido-. - Pero no es de ella de quien quiero hablarle. Prefiero explicarle el experimento que vamos a llevar a cabo en el Tiempo del Viento.

- No hace falta. Usted me pagará, con eso me basta.

- Es necesario. No quiero que haya malentendidos como en Alboardjoux.

- ¿En el Alboardjoux? - La aclaración no llegó.

Después de tirar el cigarrillo encendido al jardín, Martínez se acercó a la ventana. Lanzó su mirada bajo el cielo oscuro, en un gran abrazo a los huertos del interior visibles tras los robles supervivientes que luchaban contra el clima cálido y húmedo para dar nombre a la casa. Luego se reanuda con nueva convicción:

- La gente corriente mira a su alrededor pensando que lo que ve con sus propios ojos es todo lo que nuestro conocimiento puede construir, que siempre será así. La fe está muerta y la imaginación agoniza, mientras nuestro país está en guerra. Los enemigos actuales son los más peligrosos a los que nos hemos enfrentado nunca, porque se esconden en cuevas bajo las montañas de Asia Central, en los trenes de una estación española, en el sótano de nuestro vecino...

De plano, Javier carraspeó con dos toses cadenciosas. Martínez debió de exponer aquel razonamiento también en otras ocasiones, ante oyentes más importantes que él en aquel sencillo despacho de Ladyville. Quién sabe con qué éxito.

- En la guerra, por supuesto. Y luego obligas a la gente a colocar el mástil de la bandera en el jardín de sus casas particulares, condenas al ostracismo a quienes no aceptan jurar sobre la Biblia y ponerse en pie para cantar el himno bajo las hogueras del Cuatro de Julio -le espetó de inmediato Javier-. - A lo mejor te pones una capucha blanca puntiaguda y quemas unas cuantas cruces en Mississippi, para que esos negros que ya tienen la piel del color equivocado entiendan de qué lado sopla el viento, para que no se atrevan a equivocarse también de religión. Dios, patria, familia. Esta historia me la contó mi padre durante mucho tiempo.

- Negros... - se hizo eco la voz de Martínez, todavía vuelto hacia el jardín. - Nunca habrías oído esa palabra de mi boca. Todavía no me conoces.

- ¿Tenemos que acercarnos tanto? - insinuó Javier.

Fijando sus ojos en él, el profesor señaló su decepción con un leve movimiento de cabeza. - Las relaciones personales no tienen nada que ver, una guerra se gana con las armas. Nuevas, si es posible. Para obtenerlas se necesitan cerebros y largos periodos de investigación. Ambas cosas tienen costes muy elevados que los gobiernos no siempre están dispuestos a pagar.

- Parece que aún no he recibido las explicaciones que tanto se empeñó en darme. - Ante la interrupción, Martínez no se inmutó.

- Podría hablarle de la solución de Einstein-Rosen a las ecuaciones de Schwarzschild o de los conocimientos sobre electromagnetismo que tuvo Hutchison al estudiar la maleabilidad de la materia... ¡Tonterías! - La exclamación estremeció a Javier. Era como si Martínez no estuviera hablando realmente con él, sino con otra persona en un pasado no tan lejano. Y aún se esforzaba por convencer a ese alguien. - Nunca lo entenderías, igual que los demás. Hay que ver, tocar, tener pruebas, reproducibilidad según el método científico...

Con pasos cortos, el profesor regresó a su mesa. Colocó su mano enguantada delante de la luz directa de la lámpara, oscureciéndola, y continuó con su monólogo.

- Tenemos una percepción singular de nuestro universo. Tenemos un conocimiento perfecto de lo que nos rodea -acarició el dorso del guante con la otra mano- y con un poco de esfuerzo también podemos comprender lo que está más lejos de esta inmediatez. - Giró el guante con la palma hacia arriba y apuntó con un dedo índice justo al centro del mismo. - Somos tan buenos haciendo esto que ignoramos la posibilidad de que exista una segunda cara de la realidad que sea opuesta a ella y, al mismo tiempo, igual de concreta. Como el reverso de un guante.

Retiró la mano de la iluminación. Con movimientos ambiguos, se adentró en la oscuridad. En el hueco de la mano izquierda de Martínez se encendió una segunda cerilla, desprendiendo un olor a piel quemada que Javier no supo identificar con precisión si procedía de la tela o de la piel humana.

- ¿Qué demonios estás haciendo? - gritó, poniéndose en pie de un salto.

- ¡Quédate ahí! - le ordenó Martínez.

- No lo creo -dijo Javier, más convencido. Se movió en dirección a la salida.

- ¡Te he dicho que te quedes ahí! - le dijo con una firmeza tan absoluta que Javier se quedó paralizado al pensar que algo andaba mal en la cabeza de aquel hombre.

El profesor expuso el guante bajo la lámpara, esta vez boca abajo. Lo sujetó con la mano derecha, ocultando la otra a la espalda.

- Si pudiéramos dejar a un lado nuestras falsas creencias sobre la materia, podríamos conocer los entresijos de la realidad -colgó-. - Sobre todo su punto de contacto, un escondite perfecto, un umbral donde todo, lo que es y lo que podría haber sido, en el pasado, el presente y el futuro, sería verdad a nuestros ojos. Allí mismo y en ningún otro lugar podríamos conocer la totalidad de la existencia. - Levantando el guante frente a la bombilla, dejó que el agujero creado por la cerilla se convirtiera en un túnel luminiscente entre las sombras de la habitación. - Debemos pensar fuera de la caja. Entonces veremos la luz que es la base del universo.

- Dios mío, ¡te estás volviendo loco! - exclamó Javier.

- Dios, así es, sólo él -se divirtió el profesor. Eligió el lugar más oscuro de la habitación para ponerse el guante, sin reparar en el daño que había causado allí.

Dudando sobre cómo comportarse después de aquella demencial explicación, Javier miró a Martínez con reproche, antes de señalar la puerta y revelar sus intenciones: - Ahora voy a tomar la salida, cruzar el jardín fuera de esta jaula de locos y volver a mi barco. Y si vuelvo a verle a usted, a Aaltonen o a alguno de sus secuaces, me aseguraré de comprobar si su piel es a prueba de balas.

Dándose la vuelta a toda prisa, ya había agarrado el picaporte de la puerta cuando el profesor le volvió a llamar.

- Quiero contarte una historia sobre el comandante Herbert, estoy seguro de que te gustará. - le dijo. - Empezó en un garaje cerrado por dentro, con una manguera de goma ingeniosamente dispuesta para saturar de gases de escape la cabina de un viejo Chevy y acabar con él para siempre. También un hijo de 25 años que en el funeral asentía casi hipnotizado ante la gente que se empeñaba en repetir cómo el cáncer siempre se llevaba lo mejor de ellos, aunque él sabía que su padre había estado sano como un caballo hasta el último segundo de su vida.

Mientras reconstruía mentalmente la escena del garaje, Javier sintió brotar en su interior la misma amargura y soledad que había sentido al descubrir el cadáver.

- ¿Cómo sabes estas cosas? - preguntó a Martínez, que permanecía en su puesto junto al escritorio, medio sumergido en la luz de la lámpara, medio a oscuras, en un ballet de claroscuros.

- Todo a su tiempo -respondió el profesor-. - Te irás conmigo y no para averiguar cómo sé la verdad sobre esto, ni para entender qué llevó a los agentes de la Agencia de Seguridad Nacional a obligarte a utilizar tu enfermedad como tapadera de la muerte de tu padre. No, no lo harás. - Recuperó el aliento. - Vendrás conmigo porque quieres averiguar la razón por la que el Comandante se suicidó. Te daré la respuesta, a partir de mañana.

Javier sustituyó la amargura por el odio hacia Martínez, profundo e ilimitado. Le odiaba porque tenía razón, al menos en parte. Optó por la condescendencia:

- Muy bien, Martínez, nos vamos. Pero mañana querré oír tu respuesta, y tendrá que ser convincente.

Antes de que Javier cerrara la puerta tras de sí, el rostro del profesor se animó con una sonrisa indescifrable.

Con la noche, las calles de Ladyville habían cambiado de manos. Las chicas satisfechas de la vida frente a las fruterías habían dado paso a señoras-prostitutas que paseaban del brazo de unos cuantos turistas de bolsillos abultados y gustos peculiares. Mientras se defendía de los guiños e invitaciones explícitas de los rezagados, Javier supo por qué ya no soportaba aquella ciudad.

No era por el calor sofocante, ni por el tequila de baja calidad, que tarde o temprano le costaría el hígado, ni siquiera por la gente que vivía allí. Aquella gente era maravillosa, se rebajaran a lo que se rebajaran para sobrevivir.

Era él la nota discordante. No era tan diferente de esos tipos que bajaban por la tarde de sus yates desde la costa Este para marcharse al día siguiente después de haberle quitado otro trozo de inocencia a algún adolescente. Él también estaba allí para mezclarse con la turbiedad circundante y olvidar culpas que no eran suyas.

- ¡Mira aquí! - gritó el pasajero sentado en el asiento biplaza de un patinete con las ruedas oxidadas que pasó a gran velocidad junto a él. Tenía el dedo corazón de la mano derecha levantado para hacerle un saludo especial. Era Hernán.

- ¡Y tú también, cavrón! - le devolvió, junto con el saludo del dedo levantado. El mexicano apartó el puño. Javier tuvo un momento de depresión al reconocer que aquel camarero era tan amigo como el que tenía allí en Belice.

El blanco de la valla de madera de Cartworth Hill y el letrero amarillo y azul, iluminado por focos en la veranda del acogedor hotel familiar, le recordaron el motivo de su paseo. Miró su reloj de pulsera. Eran poco más de las diez. Iba a interrumpir su cena.

Como era de esperar, Björn y Anitha estaban sentados en una mesa del comedor, que el propietario llamaba imaginativamente sala de recepción. El escandinavo estaba a punto de disfrutar de un segundo plato de carne, pero fue interrumpido dos veces por su hermana durante una conversación sobre recuerdos familiares. La separación de tres días debida a la disposición del camarote en el Windtime para el experimento parecía haber aumentado su necesidad de rememorar. Al ver esto, Aaltonen decidió definitivamente renunciar a la cena.

Colocó el tenedor en su plato y apartó de sí las cinco rosas, que servían de centro de mesa en una jarra transparente, para eliminar el obstáculo que los separaba.

- Tengo la idea de que estoy atrapado en medio de una conspiración. En este país no se puede comer tranquilo", refunfuñó. Coquetamente, se permitió alisarse el bigote.

Javier se colocó a un palmo de la mesa y fue directo al grano, olvidándose por completo de Anitha. - Björn, tenemos que hablar de un asunto importante.

- Lo haremos mañana.

- Puedes elegir -se ofreció Javier-. - Podemos hablarlo aquí en la mesa o fuera, como prefieras.

La insinuación de que en una discusión en la mesa podría surgir la cuestión de las nuevas cajas que se cargarían en el

Windtime convenció al escandinavo. Resoplando, tiró la servilleta sobre la mesa y movió ruidosamente la silla hacia atrás.

- Vamos fuera -anunció Aaltonen. Antes de marcharse, acarició la mejilla de Anitha con los nudillos de los dedos, en un gesto de amabilidad que desentonaba con la reputación que se había ganado en la marina y fuera de ella. - Os veré por la mañana, ¿de acuerdo?

La hermana asintió.

Javier vislumbró un rastro de vergüenza en ella, ante la intimidad de aquel acto, pero al contacto sus ojos azules parecieron iluminarse de felicidad como los de la hermosa niña que debió ser en la infancia. No era el único, pensó, que había construido un pedestal para personas que probablemente no lo merecían.

Aaltonen le agarró por el antebrazo y tiró de él. - Acabemos rápido con esto. Esta noche me gustaría dormir al menos unas horas, en vista del madrugón que nos espera.

Ninguno de los dos dormiría aquella noche. Javier lo sabía, Björn también. Ambos se apoyaban mutuamente como era debido en aquella obra destinada a Anitha. Si había que actuar, mejor hacerlo bien.

En cuanto se pusieron en camino, el tono del escandinavo volvió a ser gélido, como era habitual cuando hablaba de sus negocios. Se pusieron en marcha, su destino era el puerto.

- ¿Problemas, Javierie? - preguntó Björn, como si los hubiera estado esperando desde el principio. - Reza para que sean grandes, porque no me gusta que me molesten cuando estoy con mi hermana.

- Ya lo creo que tengo problemas. - Un hombre parado en una esquina jadeó al oír aquel fragmento de su excitado intercambio. Se arregló el gracioso panamá en la cabeza y regresó al antro del que había salido.

Javier se moderó: - Martínez está completamente loco. No quiero decir excéntrico o un poco raro, sino loco, loco, loco. - La triple repetición sirvió más para subrayar la certeza de Javier que la dolencia de Martínez.

- ¿Te ha contado algo de Alboardjoux?

Javier detuvo su marcha a la altura de una farola elegida como campo de sacrificios por toda una civilización de mosquitos.

- Sólo lo mencionó. También habló de la muerte de mi padre. - Se guardó los detalles.

Aaltonen dio la impresión de relajarse. - Sí, Martínez está loco. ¿Cómo llamarías si no a alguien que intenta hacer funcionar un deflector detector de radares alimentado por generadores electromagnéticos de trayectoria paralela? - Javier se metió las manos en los bolsillos del pantalón y sacudió la cabeza, abatido. - ¿No sabes lo que es eso? Yo tampoco, pero no importa. Esa cosa no funciona y nunca funcionará. Eso sí, no lo digo yo, lo dice la marina. ¿Crees que después de descartarlo de su programa interno de investigación les habrían permitido utilizarlo en la cabina de un barco privado por si realmente se trataba de una herramienta capaz de ocultar la presencia de sus preciados acorazados? La tecnología furtiva funciona en el aire, con las líneas angulosas del F-117, no en el mar con las toneladas de un portaaviones.

- ¿Entonces?

- Así que nuestro querido profesor está loco, por supuesto, pero un loco inofensivo. Y tiene suficiente dinero para permitirse su locura. - Frotándose el pulgar y el índice entre ellos, Aaltonen contó rápidamente una buena cantidad.

- Entonces, ¿por qué no se fue a jugar a otro sitio, en vez de elegirnos a Belice y a mí?

- Deberías entenderlo por ti mismo: los locos no piden explicaciones. Puede ser que su cuenta bancaria esté bien provista, pero no lo suficiente como para permitirse comprar una isla aquí en Centroamérica para montar su Parque Jurásico personal. Ya sabes cómo es esto, un barco es más barato. - Le dio a Javier una fuerte palmada en la espalda. - Chico, te haces demasiadas preguntas. Hay veces que no hace falta usar el cerebro. Pediste un anticipo de cincuenta mil dólares y lo tendrás. Si hay riesgos en este viaje, no los descarto a priori. Sin embargo, no los esperaría de Martínez, de lo contrario nunca habría permitido que Anitha trabajara para él. Lo tengo todo bajo control.

- Ningún riesgo -dijo Javier, convencido de sí mismo-.

- Absolutamente ninguno. Ni en este viaje, ni en esta vida - le apoyó Björn, con aire confiado.

Siguieron uno al lado del otro durante unos diez minutos, intercambiando impresiones y comentarios sobre lo que harían esa noche y los días siguientes. Los aspectos financieros se tocaron una, diez, cien veces, con matices más o menos claros ahora para uno, ahora para el otro. Dos hombres de negocios enfrentados al borrador preliminar de un contrato no habrían actuado de forma diferente.

En el cruce con la amplia avenida arbolada que descendía por una suave pendiente directa a los muelles y almacenes del puerto, Javier se despidió.

- Creo que lo hemos aclarado todo.

- Al menos lo que se ha podido aclarar esta tarde. ¿Vas a comprobar el trabajo de Lysander y Grant? - le preguntó Aaltonen.

- Por supuesto. No me gustaría que sobrecargaran el Tiempo del Viento con tus cosas. Acabar como comida para peces por culpa de otro no es el deseo de nadie, y menos el mío.

- Gran idea, Comandante Herbert.

No había sarcasmo en esa afirmación. En otras circunstancias, Javier lo habría apreciado y habría respondido adecuadamente. En aquel momento, sin embargo, se limitó a un apresurado saludo y se dirigió al puerto. Durante lo que le pareció un tiempo infinito, sintió los ojos de Aaltonen clavados directamente en su espalda. De repente, esa sensación desapareció.

Para asegurarse, miró hacia atrás y vio la carretera bordeada por la misma gente alborotada de siempre. El escandinavo había vuelto a la Casa de los robles. A pesar de todo, había confiado.

En su interior, Javier se rió. Nadie era perfecto, ni siquiera Björn Aaltonen. Fue entonces cuando volvió a Cartworth Hill.

- Buenas noches, señora Hernández. - Javier se llevó una mano a la cabeza, como si quisiera tocar el ala del sombrero en una deferencia muy formal.

- Buenas noches, señor Herbert", saludó a su vez la anciana posadera, sentada en el porche terminando una limonada helada. Nunca hacía preguntas y era discreta por naturaleza. Javier sabía que la mujer le tenía mucho aprecio y lamentaba haberse aprovechado de ella tan descaradamente. Algún día se lo compensaría.

La habitación doce estaba en la planta baja. Se quedó mirando las dos figuras de latón pulido durante lo que debió de ser un minuto, indeciso entre llamar o no. Había bastantes posibilidades de que ni siquiera abriera.

- Yo lo intentaría -sugirió Hernández, cautelosa, detrás de él. Había vuelto para un segundo viaje a la cocina, quizá para recuperar más limonada. Tenía razón.

Javier llamó a la puerta.

Ciertos discursos siempre tenían el aire de ser eficaces hasta que se ponían a prueba. Por eso Javier no se sorprendió cuando se le secó la garganta y fue incapaz de emitir un sonido delante de Anitha.

Llevaba una blusa diferente, más clara que la de la cena. La llevaba por fuera de unos pantalones cortos que se detenían un par de dedos por encima de la rodilla.

Apoyada con una mano en el marco y la otra en la puerta, Anitha miró detenidamente a Hernández antes de empezar a hablar.

- ¿Qué quieres? - le dijo a Javier. - Esta noche tengo mucho que hacer y no tengo tiempo que perder.

- Quería... - intentó explicar. La segunda mirada lanzada a la anfitriona convenció a la mujer para completar su expedición a la cocina.

- No discutamos aquí fuera. Entra. - Anitha salió de la puerta y le cedió el paso.

Con la puerta cerrada, dentro de la habitación, Javier se sintió atrapado. El ventilador de paletas enganchado al techo giraba lentamente y apenas movía el aire cargado de humedad hacia abajo, mientras que la luz de la lámpara de araña, que utilizaba el mismo soporte para colgar, estaba ajustada a un tono más bien bajo.

La confusión que reinaba en su cabeza, la misma que le había llevado de vuelta a Cartworth Hill sin ninguna razón plausible, sumada a la presencia de Anitha a su lado, hizo el resto. Tenía que actuar.

Con un solo paso, salvó la distancia que le separaba de ella y la besó.

No hubo resistencia, pero la bofetada que llegó a su mejilla cuando sus labios se separaron fue dolorosa.

- No vuelvas a hacerlo. ¡Nunca más! - le espetó Anitha en la cara, sin gritar, pero con la suficiente excitación como para insinuar terribles dudas-. - No vuelvas a atreverte a ignorarme como has hecho esta tarde en presencia de mi hermano.

Volvió a acercarse a él y le dio un segundo beso, apoyado en un mayor transporte, nada que ver con el mísero avance de poco antes. Javier dejó que una mano se deslizara por debajo de su blusa, bajando por su espalda. Al contacto con su piel, sintió que Anitha se arqueaba imperceptiblemente hacia atrás. Fue el detonante para ambos.

Javier estudió la cama; estaba demasiado lejos para ellos. En su afán por desabrocharla, su agarre resbaló en el penúltimo botón de la serie que cerraba la blusa de Anitha. El fino hilo de algodón que lo sujetaba se rompió y el botón voló hacia el suelo en una parábola arqueada. Su microscópico golpe en la quietud de la habitación le arrancó una carcajada, cristalina y contagiosa.

- Si sigues así, Hernández nos va a oír -la regañó Javier en broma, luchando con el último botón-.

- Que nos oiga. Que nos oiga toda Ladyville -le dijo ella, en un susurro que le hizo cosquillas en el oído. Anitha dejó caer los calzoncillos a sus pies, imitando el capullo de una crisálida en el nacimiento de una mariposa. Debajo, no llevaba nada más.

Hicieron el amor donde estaban, como si fuera la primera vez para ambos, como si los encuentros pasados, cada vez más frecuentes durante el mes anterior, nunca hubieran ocurrido, y los tres días de separación forzosa que acababan de vivir fueran a olvidarse esa noche, en un solo asalto.

Examinaron detenidamente cada movimiento, deseosos de captar cada matiz de sus cuerpos. Anitha demostró una destreza extraordinaria, impulsada por su capacidad de provocar placer, sus ágiles dedos abrieron el camino a nuevas experiencias. Sus labios húmedos exploraron su cuello, los pliegues entre sus músculos, los lugares de su piel donde el mero roce de su boca generaba vibraciones que se propagaban en temblores por todo su cuerpo. Ella le dejó penetrarla, soportó su impetuosidad inicial, lo domó y lo doblegó a sus deseos, y juntos siguieron adelante, concentrados, inmersos, perdidos.

Experimentaron juntos el éxtasis del orgasmo, como premio añadido a su paciencia, las piernas de ella rodearon las caderas de Javier en el mismo clímax. Cuando sus cuerpos no aguantaron más su voluntad, la vuelta a la cama fue inevitable.

Se abandonaron uno junto al otro encima de la cama. Necesitaban descansar, afrontar las tareas que tenían por delante o retomarlas donde las habían dejado. Javier sintió una satisfacción que nunca antes había sentido al sentir la cabeza de Anitha apoyada en su pecho, subiendo y bajando en sincronía con su respiración.

Pronto se quedó dormida y Javier se lo agradeció, porque no habría podido dejarla sola si se hubiera quedado despierta. Se puso los vaqueros que había cogido del escritorio y estaba a punto de marcharse cuando un impulso irresistible le obligó a sentarse en una esquina de la cama.

Podía mirar a Anitha y disfrutar de su cuerpo desnudo. Recorrió con la mirada su tersa piel de bebé, su larga melena rubia enmarcando su cabeza, su delicado vientre ligeramente inclinado hacia abajo, una deliciosa antesala de su pubis.

Era una mujer capaz de borrar de un plumazo las ansiedades que le atormentaban. Poseía la firmeza necesaria para no dormir bajo el mismo techo que su jefe ni siquiera en una residencia gigantesca como la Casa de los robles y, al mismo tiempo, la reticencia a mostrar su relación, que no tenía nada de malo, en público. Era un crisol de contradicciones junto al que Javier deseaba despertarse cada mañana. Más que por aclarar viejos asuntos que se desvanecían en la memoria, era por ella por quien soportaba a Martínez, al escandinavo y al resto de aquella podredumbre.

Algo más allá de la atracción física le unía a Anitha. Ella tenía un nombre preciso que él no quería pronunciar, ni siquiera en su mente. Reprimió la oportunidad de despertarla para que se lo confesara, pero prefirió aplazarlo, darse un motivo.

Tenía que irse. Esa noche también había algo más que atender.

Se levantó en silencio y terminó de ponerse la camisa. Deslizándose por el pasillo, llegó a la puerta principal con paso de ladrón, sólo para darse cuenta de que no estaba cerrada con llave, a pesar de lo tarde que era.

- Alejandra Hernández, siempre atenta a los detalles - susurró. Le costaba imaginarse a la arrugada hostelera disfrazada de Cupido, pero se le daba bien ese trabajo.

Fuera, notó el aire lluvioso.

Construir buenas historias, de las que resisten a las muchas paranoias de la gente corriente, requería el apoyo incluso de la NSA. Sobre todo, requería la complicidad de mucha gente, empezando por los que estaban cerca de la verdad, con los que había que negociar, llegar a un acuerdo y a los que, si nada daba resultado, había que eliminar. Javier se convenció con relativa facilidad de que el cáncer era una salida digna para un hombre como su padre, impregnado hasta los huesos del sentido del deber. También él, expulsado de la Academia, había tenido sus ventajas.

Reconoció la silueta del mayor de ellos cuando el agua del mar le salpicó la cara, empujada por la proa de la ligera embarcación que surcaba las olas a gran velocidad. Las suaves curvas del Windtime Seconda armonizaban perfectamente entre sí, desde la popa truncada que progresaba hacia delante hasta la esbelta proa que terminaba en una estrechísima V. Ante la magnificencia de sus veintidós metros de eslora, a nadie le importaba que el yate fuera el resultado de una estafa al seguro, ni siquiera a su padre. De haber tenido la oportunidad, incluso el Comandante habría gastado, como Javier, hasta el último céntimo de la prima de su seguro de vida para poseer aquella joya.

- ¿No le parece de mal gusto haberle puesto el mismo nombre que a un barco cuyos dueños desaparecieron en el mar? Es como tentar a la mala suerte.

Protegido por un ligero jersey de cuello alto, Lisandro hablaba con dificultad, sacudido por el movimiento del mar mientras mantenía un pie apoyado contra la última caja de carga, aunque ésta había sido cuidadosamente asegurada al fondo de la lancha por fuertes correas.

- La mala suerte no existe -señaló Javier-. - Creamos nuestro propio destino.

- Tal vez... pero desde que vi arder el Alboardjoux en la televisión, no estoy tan seguro. Por las imágenes, se podría pensar que llevaba suficiente combustible a bordo para iluminar el Atlántico hasta el día del juicio final. Con esas condiciones meteorológicas entonces... Dicen que acabó a tres mil metros de profundidad, pero nadie bajó a comprobarlo. ¿Cuántos se salvaron? ¿Unos quince, incluido el comandante?

Javier le dirigió una expresión de disgusto imposible de confundir. - ¿Por qué no te callas la boca? Toma ejemplo de tu colega.

Le dirigió con la cabeza hacia el segundo Sello. El afroamericano, taciturno, aferraba la bolsa de lona marrón con dinero como si hubiera sido un salvavidas.

- Grant no cuenta -argumentó Lisandro-. - Tiene lengua, pero debió de quemársela durante el rescate en Alboardjoux. - Soltó una risita sin freno.

- Harry, será mejor que te metas tus chistes por tu blanco culo -les sorprendió Grant. En las tres horas que habían pasado yendo y viniendo por el agua en aquella cala, aquellas eran las primeras palabras que le habían oído pronunciar. - Tú no estuviste allí y no sabes lo que fue estar allí. Y lo que vi.

Colocándose una mano perpendicular a la boca, Lysander continuó, todavía en tono burlón: - Te lo diré en un susurro, Herbert. Grant es un grandullón sensible, pero nunca le des la espalda cuando te hable así, porque es condenadamente bueno con las espadas.

La falta de agarre en el comportamiento de los otros dos obligó a Lisandro a abandonar la discusión. Permaneció torpemente en su asiento, con el pie aún más apretado contra el cajón de madera.

Abordaron el Tiempo del Viento por la popa para pasar por la escotilla trasera y estibar la última carga con el resto dentro del camarote de la tripulación. Estaba separado de los demás habitáculos del barco, nadie podría husmear en él una vez cerrado.

Grant se colgó la bolsa al hombro y ayudó a Lysander a trasladar la caja. La manipularon con una atención desmesurada que confirmó en parte las suposiciones de Javier sobre su contenido. Era peligroso, pero no sólo distribuía plomo. Una vez completado el trabajo, Lisandro hizo que le entregaran la bolsa y se la puso a Javier en los brazos.

- Esto es tuyo -le dijo rápidamente-. - Si quieres comprobar que está todo, hazlo ahora, porque no soy cajero de banco y no habrá devoluciones en caso de que falte.

Tras abrir la cremallera de la bolsa, con cuidado de no mostrar a los Sellos el interior, Javier apreció el volumen de los billetes, veinte piezas, sin contarlos. Pesó la bolsa y comprobó que había el número correcto.

- Todo está bien -confirmó. Salió a la plataforma de popa, con la intención de subir por la escalera exterior que conducía al puente. En ese momento empezó a llover.

- ¡Mierda! - soltó Lisandro, que salió de la escotilla inmediatamente después de él. - Es lo que nos faltaba. Esperemos que no haya otra tormenta en camino.

- Pues claro. El último buen día fue ayer -pontificó Javier solemnemente.

La cita del lema oficioso del Sello bastó para poner de mal humor al otro hombre, que en compañía de Grant esperaba la llegada de Martínez y los Aaltonen. Por su parte, Javier se agarró a la escalerilla y se izó a la plataforma de observación, la cruzó rápidamente y entró en el puente.

Antes de liquidar el dinero, comprobó la pantalla del receptor meteorológico encajado entre el puente de mando y el interfono de comunicaciones interno. La señal del satélite aparecía en la pantalla en colores que iban del rojo bermellón al verde menta. Entre el Banco Serranilla y las Islas del Cisne, en medio del océano, había aparecido un monstruo con muchos vástagos deshilachados. En cualquier momento de las próximas horas, la célula de baja presión podría haber empezado a girar sobre sí misma en dirección noroeste sobre la costa de Belice, momento en el que una tormenta tropical habría sido bienvenida.

Intentó no pensar en lo peor.

Recordando su bolsa, abrió un armario oculto en el hueco de una de las paredes del camarote y tecleó la combinación en la cerradura electrónica de la caja fuerte que allí se escondía. Una vez hubo hecho sitio entre los demás objetos, el dinero cabía allí cómodamente en grupos de cuatro fajos.

- ¿Qué más guardas ahí además de tus ahorros? - intervino de repente Anitha. Soleada, se apoyó en un pilar de la plataforma de observación.

Javier miró en la caja fuerte, dando la impresión de que quería inventariar quién sabe qué riquezas. Buscaba una excusa para justificar la presencia de aquella suma. Le llamó la atención un objeto que había olvidado que llevaba a bordo. El cañón de la Walther automática se había vuelto contra él cuando había depositado el dinero. Mientras colocaba el arma en una posición menos peligrosa, se fijó en el grabado en letras doradas de la culata: a Mari usque ad Mare, del mar al mar. Su padre lo llamaba su amuleto de la suerte y siempre había contado la anécdota de habérselo ganado a un canadiense durante una partida de póquer en la base de Guam, tres años antes del hundimiento del Alboardjoux. La escalera real servía en su mano contra un full. Una bravuconada de marinero, como tantas otras.

- Guardo en él la herencia familiar", explicó, limitando las mentiras. Inmediatamente cerró la puerta metálica.

Ella la cogió. - Enhorabuena, sigues tratándome como a un tonto. Mi hermano me ha dicho que le has pedido un aumento a Martínez. Bonito comportamiento. Se parece mucho a la forma en que actuaste esta noche. Te fuiste sin decirme una palabra.

Aliviado, Javier aprovechó la plausible justificación que le habían puesto en bandeja de plata. - Yo también tengo mis gastos que cubrir. Y por esta noche...

Cerca de ella, el aroma de la genciana expertamente depositado en gotas sobre su cuello le devolvió a la mente deseos que nunca habían estado dormidos. Se perdió en las hipnóticas oscilaciones de los pendientes cónicos que llevaba Anitha. Quería abrirse a ella, revelarle todos sus sentimientos. No sabía cómo, así que desvió su interés hacia otra parte.

- Eh, ¡mira eso! - Martínez señaló a través de la ventana ovalada de la plataforma de observación. Estaba en compañía de Björn y Grant, junto a la balaustrada de proa. Lisandro debía de haber salido para traer la segunda lanza a tierra. Incluso desde aquella distancia, un guante nuevo, de color beige, destacaba sobre Martínez. - La cabeza del profesor está perdida en el proyecto. Está completamente absorto en su portátil.

- Se le da bien distraer a la gente de asuntos más difíciles para usted -señaló Anitha, que se concentró a su vez en la escena-. - Creo que incluso se lleva el portátil a la cama.

- ¿Sabes qué estará haciendo cuando estemos en alta mar?

- No me preguntes a mí. Sólo cuido de su salud y sólo llevo haciéndolo seis meses. Considérame parte del plan de pensiones que la marina ha preparado para él. - Anitha apoyó los codos en el estrecho alféizar de la ventana, sosteniendo la barbilla con una palma. Jugueteaba con un pendiente. En esa posición, sus caderas dibujaban la tela de su falda, atractiva. - De todos modos, dispuso la cabina patronal como si quisiera detonar en ella una cabeza nuclear. Lo que hará con ella después, creo que sólo él lo sabe. Tal vez.

- Eso no es tranquilizador.

- Nada lo es. A Martínez le gusta bromear sobre su trabajo, dice que hay en él una buena dosis de temeridad y una cantidad igualmente abundante de magia.

- Puede que tenga razón", concluyó Javier, atraído por el trío. No habría tenido mejor término que magia para describir la elocuencia con la que el taciturno Grant hablaba con el profesor. Y los dos no hablaban del tiempo.

- ¿Qué le ha pasado en la mano? - Rodando.

- Ha estado reteniendo la pregunta durante un rato. Normalmente la gente a su alrededor cede al morbo después de unos días. Usted aguantó durante semanas.

- Mientras que usted está evadiendo mi pregunta.

- Un accidente - Anitha se mantuvo vaga. Dejó caer el pendiente, alejándose de la ventana. - Un mal accidente.

Un bostezo grande y sincero ocupó el rostro de Javier.

Con dificultad, levantó los párpados para no dormirse y se frotó los ojos repetidamente, provocándose una molesta sensación de ardor. Al llegar la noche, echó tremendamente de menos el sueño perdido.

Martínez se había unido a quienes le hacían la vida imposible a Aaltonen, evitándole cuidadosamente y ocultándole deliberadamente información crucial. Había sido un comportamiento cobarde, o quizá astuto si su objetivo era asegurarse su apoyo durante toda la travesía. De hecho, si el deflector no hubiera funcionado, lo habrían necesitado para eludir la cobertura de radares antidroga organizada por la DEA en colaboración con los gobiernos de los países de la región del Caribe. Encontrar a la policía tras su pista habría complicado las cosas tanto para Martínez como para Aaltonen. Como era de esperar, preferirían enfrentarse a contratiempos como el que se les había presentado.

Durante el día, el mar se había vuelto cada vez más agitado, con largas olas que alcanzaban el doble del tamaño normal. Por precaución, Javier había decidido mantener rumbo norte, entre Jamaica y La Española, para evitar los vientos de noventa nudos que arreciaban en la parte septentrional del huracán.

- Este puto cabrón ha crecido a la velocidad de la luz en sólo doce horas -comentó, mientras comprobaba el tamaño de "Mitch" en la pantalla meteorológica. - Al menos le habían puesto nombre de mujer....

Desinteresado, Grant suspiró. Javier no recordaba cuánto tiempo llevaba el Sello en el puente, siempre en pie, nunca dispuesto a mostrar un signo de fatiga o fracaso. Se había convertido en un excelente adorno, con su silencio. Pero no había fallado en la tarea que le había encomendado Aaltonen: vigilarlo constantemente.

- En la lanza Lisandro hablaba del rescate en Alboardjoux. En la práctica no sé nada al respecto. Ya que estuviste allí, ¿quieres contarme algo? - Javier trató de entablar conversación con él.

Grant ensanchó la brecha entre sus párpados negros, para dar espacio a unos ojos en los que el brillante color marfil del exterior predominaba sobre cualquier otro. Los suyos parecían interesados, pero su respuesta fue: -No me apetece.

- Lo comprendo -asintió Javier, sin poder realmente hacerlo. Así que volvió a intentarlo: - Esta mañana te he visto discutiendo con Martínez. ¿Le conocías antes de este transporte?

- No le conocía de antes de Belice.

- No te gustan las discusiones largas, ¿verdad?

- Define el término amor con más precisión.

Bajando la mirada hacia sus instrumentos, Javier contuvo un improperio. - Quizá no te des cuenta, pero acabas de pedir la respuesta a una de las preguntas filosóficas más complicadas sin respuesta.

- Herbert, ¿estás en algo? Estás divagando.

- Olvídalo -se rindió Javier. El barco se balanceó unos treinta grados por la proa, luchando por recuperar una posición maniobrable. - ¡Eso sí que era una ola! Algo estremecedor.

El cristal frontal que separaba el puente del mundo exterior era barrido con regularidad por ráfagas de viento y lluvia en rachas de intensidad creciente. Javier giró el timón para evitar coger una ola que no le inspiraba. Era una navegación excesivamente arriesgada, incluso con aquel rumbo.

De repente, se sintió asfixiado por el aire arrojado por el sistema de ventilación de a bordo al interior del camarote, de no más de quince metros cuadrados. Se le nubló la vista y aumentó la presión en sus oídos internos, como ocurría a veces con la súbita aceleración de los ascensores rápidos de los rascacielos más altos.

Mil uno, mil dos, mil tres..., intentó contar mentalmente con el método que le habían enseñado para no acelerar el paso de los segundos.

Pronto perdió la cuenta y anduvo a tientas durante un tiempo indefinido, con los dientes apretados.

Juró que alguien se movía en aquella bruma lechosa. Era una sombra que pasaba, entonces el huracán le devolvió a la realidad.

Cuando su visión se aclaró, Javier respiró aliviado y su corazón se ralentizó considerablemente.

Preguntó a Grant: - ¿Tú también lo has sentido?

El foca asintió, con los rasgos de la cara distorsionados por la ansiedad que se había apoderado de él. Aquella expresión involuntaria de sus propios sentimientos le granjeó inmediatamente la simpatía de Javier. A diferencia de Lisandro, era un hombre de verdad detrás del entrenamiento que había recibido y del irritante mutismo. Era un hombre con sus propios miedos, pero aun así mejor que un autómata descerebrado bueno en el uso de las armas.

- Martínez encendió su juguete -dijo Javier, comprobando el receptor meteorológico y el navegador GPS, que se habían apagado simultáneamente debido al pulso electromagnético inicial. Le habían advertido de que ocurriría, pero no esperaba que fuera tan repentino y con efectos secundarios tan desagradables. Aun con algunas dudas, se aseguró de que la brújula compensaba correctamente. La aguja apuntaba tranquilamente al mismo norte que había visto poco antes. En Ladyville, un técnico se había encargado del ajuste, colocando un segundo imán en la bitácora que la contenía. Había hecho un gran trabajo.

La puerta del puente se abrió de golpe y se estrelló contra la pared interior, dos veces, antes de que Lisandro pudiera detenerla y hacer su entrada. Tenía la camisa empapada de agua y sembró abundante en el suelo mientras volvía a cerrar la puerta, venciendo la resistencia del viento.

Al pasar, Javier le dirigió una mirada de lástima. - También hay una escalera cubierta que va del salón a la parte inferior del mirador.

- ¡Deberías habérmelo dicho antes! - ladró Lisandro, nervioso. Se quitó la camisa y se quedó sólo con la camiseta blanca y húmeda. - Abajo habría estado seco en un santiamén. Por el calor que hacía en el salón, cualquiera diría que el diablo se había olvidado de que se había desatado el infierno.

Una vez procesada la información, Javier reaccionó con impaciencia: - Aaltonen me había asegurado que la pérdida de calor sería insignificante.

- Pues quéjate con él. He venido a relevar a Grant, no a escuchar tus lloriqueos.

Javier se levantó del puesto de mando y le dijo a Lisandro: - Mantén el rumbo y no dejes que nos hundamos.

El Foca mostró una petulante satisfacción por haber recibido el mando de un barco con tanta facilidad. Luego Javier desfiló junto a Grant hacia la cubierta de observación. El cambio de guardia había llegado en el momento justo, ya que el hombre aún se tambaleaba por las molestias pasadas.

Al llegar a la bajada del puente, Javier oyó que le seguían sus pasos inseguros. Pensó que su despido de la marina se debía probablemente a esa fragilidad emocional.

En el salón ovalado, Anitha estaba sentada en el sofá de la derecha, con un brazo estirado sobre el mueble de madera de cerezo que ascendía hasta un equipo de alta fidelidad, con los oídos tapados por unos auriculares Bose apenas útiles para amortiguar los graves de un hip hop monótono. A la izquierda, Björn estaba en el sofá opuesto, a primera vista concentrado en disfrutar de Orson Welles dando lo mejor de sí en Ciudadano Kane, reproducida desde un reproductor de Blu-Ray en el televisor de cristal líquido colgado hacia delante. Grant eligió el lado de Anitha para tomarse un descanso.

- ¿Dónde está Martínez? - preguntó Javier a la chica. Había aprendido la lección de no ignorarla. Apagó el equipo de alta fidelidad con el mando a distancia.

- En el mismo sitio donde ha estado desde el principio del viaje -le señaló la cabina patronal-. - Lleva cuarenta minutos sin abrir.

- ¿Se encuentra bien?

- Por si sirve de algo, me contestó a través de la puerta cuando le llamé. También me colmó de insultos, diciéndome que no necesitaba mi medicación para soportar el dolor.

Javier ya había oído bastante. Señaló con firmeza la cabina.

- ¡Javierie! - le devolvió la llamada el escandinavo. Se irritó.

- Más tarde, Björn. Lo que quieras decirme, te escucharé más tarde. Ahora voy a entrar. - Después, para empezar, le ordenaría que no le llamara más Javierie. La época de las confidencias había quedado atrás.

Llegar a la cabaña ocupada por Martínez fue como nadar en una piscina llena de melaza caliente. Los destellos de calor procedentes del otro lado de la puerta se transmitían al salón en secciones concéntricas, partiendo de un punto de apoyo oculto más allá de la zarza de la entrada. Con el puño cerrado, Javier golpeó impaciente.

- Martínez, ¡abre esta maldita puerta ahora mismo! Ahora mismo, ¿entiendes? - Al siguiente puñetazo, el fino barniz transparente, puesto para combatir la salinidad, se onduló en un punto, debido al calor y a sus golpes impacientes. Para convencerle, reiteró: - ¡No esperes que me vaya de aquí! Conoces bien las razones, ¡tú mismo me lo dijiste en la Casa de los robles! ¡Abre!

El sonido metálico de la cerradura le proporcionó un breve momento de alivio. Abrió la puerta y, una vez dentro del infierno personal de Martínez, la cerró tras de sí. El estado en que encontró a Martínez le quitó toda ilusión sobre cómo acabaría aquella situación.

Sin camiseta, el profesor estaba cubierto de una fina película de sudor que probablemente no ayudaba mucho a aliviar la incomodidad del calor. En el centro de la habitación se habían instalado unos generadores electromagnéticos circulares que habían eliminado la cama de matrimonio. Javier los había notado aquella mañana, pero no se había preocupado. Al cabo de doce horas, el olor a nafta procedente de la fuente de alimentación utilizada para suministrar la electricidad inicial había saturado la cabina, haciendo redundantes los conductos de ventilación que debían canalizar los gases de escape fuera del Windtime.

Dos elementos presentes no habían sido previstos en el diseño original e intimidaron inmediatamente a Javier. El primero se refería a los cinco generadores. Individualmente no más grandes que un neumático de coche, habían engendrado una maraña de cables de dos dedos de grosor que serpenteaban por el suelo y luego subían hasta el techo, donde irradiaban en todas direcciones. El supuesto deflector de radar se había conectado al cuerpo principal a través del ordenador portátil, animado por los colores de muchos gráficos de picos. Había sido meticulosamente elaborado por Martínez.

El segundo elemento era mucho más chocante. Por la determinación y seriedad expresadas en el rostro del profesor, Javier se dio cuenta de que sabía lo que hacía.

- Apagad estas cosas inmediatamente -exigió Javier-. -Corremos el riesgo de incendiar el puente con sus generadores. Por no hablar del huracán....

El balanceo acentuado y errático del barco apoyaba su demanda. Martínez no se dio por aludido.

- Los generadores electromagnéticos de trayectoria paralela son extremadamente eficientes en términos de producción de energía -dijo Martínez, concentrándose en la maquinaria-. - Tan eficientes que Flynn Research Incorporated, titular de las patentes, ha sido contratista del gobierno estadounidense durante muchos años. Los han suministrado a la división Phantom Works de Boeing, para sus aviones de reconocimiento guiado, y también a la marina.

- Martínez, no me hagas repetírtelo, ¡apaga esos generadores!

- Me pediste una respuesta para justificar la muerte de tu padre. Te la estoy dando. - El profesor puso su mano enguantada sobre el metal de un generador. Debía de estar al rojo vivo, pero ni pestañeó. - En los generadores de trayectoria paralela, el flujo magnético no pasa por el centro de su rotor, lo que produce una pérdida mínima de calor y más energía que la entrada recibida. La entrada y la distribución de la energía... ése es el secreto. La gente de Flynn siempre lo ha tenido delante y nunca se ha dado cuenta, porque se empeñó en aplicar el principio a escala industrial. Mi deflector funciona con el amplificador adecuado y la fuente de energía correcta como entrada para el flujo magnético. La marina quería repetibilidad científica sin estar dispuesta a recrear las condiciones básicas. - Con cuidado casi maternal, dejó que su guante se deslizara sobre el generador. - Javier, ¿sabes cuánta energía térmica puede producir un huracán?

- El amplificador adecuado... - Los ojos de Javier recorrieron las paredes, el techo, el suelo. - ¡El Alboardjoux!

- Y el Windtime. - Martínez abrió los brazos como un Cristo predicador llamando a los niños hacia él.

- ¿Cuál es tu plan? ¿Matarnos a todos?

- No hay ningún plan, Javier. Una vez que el proceso ha comenzado, no puede detenerse. Cambias a ocultación por radar y esperas.

- ¿Qué se supone que debo esperar?

- Ya lo verás.

Agotada la paciencia, Javier abrió la puerta de golpe y salió corriendo.

- ¡Ese loco nos va a hundir! - gritó a Aaltonen, que permanecía impasible. No veía el peligro.

Entonces Javier se lanzó hacia la escalera. Tenía que asegurarse de que se mantenía alejado de la zona crítica de la tormenta. Y fijar a Martínez para que no pudiera hacer más daño.

En el puente, Lisandro se había apoderado de la consola de mando con la altivez de un magnate arribista. Se hundió en el asiento del sillón con las piernas cruzadas, sin importarle las rutas ni los huracanes. Al verle, Javier sintió un escalofrío de inquietud. Se acercó a la bitácora de la brújula y lo que vio no tenía sentido. La aguja apuntaba al sudeste. Con un dedo, golpeó impaciente el cristal de la tapa, esperando que la magnetización del Windtime hubiera afectado a la señal. La aguja no se movió, la brújula funcionaba correctamente.

- Es el rumbo equivocado", le dijo a Lisandro, esperando una aclaración.

El Sello abrió la boca para rebatir la acusación, pero la respuesta fue sustituida por una comunicación por intercomunicador interferida por fuertes interferencias. Era la voz de Anitha, desde el salón. Había pánico en su petición.

- ¡Bajad ya! ¡Se están peleando! Mi hermano... - La frase fue tragada por el rugido de una descarga de alta intensidad. No se oyó nada más por el interfono. Javier pensó en Walther.

- No tengo tiempo de limpiar el desastre que has hecho - reflexionó, más para sí mismo que para Lisandro. Abrió el compartimento de la caja fuerte, pero los puñetazos que le llegaron a los riñones le obligaron a arrastrarse.

- Hay que tener estilo, Herbert, para reconocer una estafa. - La foca se golpeó la nariz con el dedo índice. Dobló el gesto con una patada en la boca de Javier, que finalmente se desplomó en el suelo. - Es increíble cómo algunas personas se tragan cualquier chorrada que les cuenten. Un proyecto de investigación, un cargamento ilegal que hay que transportar urgentemente a Nassau y allá van, sin hacer más preguntas. Sólo se preocupan por los patrocinadores.

- Lisandro... - intentó hablar con Javier, boca abajo.

- Shhh - siseó el Sello. Un clic metálico atestiguó que había tomado posesión de la Walther. - Piénsalo. ¿Qué pasaría si Grant, Aaltonen y yo no hubiéramos sido realmente licenciados de la Marina y los nuestros fueran financieros uniformados, antiguos jefes de Martínez, muy descontentos con él y su locuacidad sobre los asuntos que preferirían enterrados bajo tres metros de tierra, en el mismo ataúd que un capitán licenciado deshonrosamente? Les diré lo que pasaría. Perderíamos un año creando un pretexto creíble para alejarlo de miradas indiscretas, implicándolo en acciones que destruirían su reputación, y acabaríamos haciéndolo desaparecer en medio del mar Caribe. Nadie cuestionaría su desaparición,

¿verdad? Y no sería diferente para usted. Al final, una muerte o dos sería lo mismo. Los daños colaterales siempre están ahí.

- ¿Por qué? - Javier levantó la cabeza, completando en su mente aquella pregunta que permanecía truncada: ¿por qué Anitha? ¿Había sido sólo un pretexto para ella? ¿Incluso sus encuentros?

Agazapado entre el descoordinado balanceo del barco, Lisandro estiró el brazo en ángulo recto, apuntándose con él a la sien.

- Sin rencores, eso sí - sentenció con aire de superioridad.

Era la soberbia, pensó Javier, uno de los siete pecados capitales. Una ola que recorrió el Tiempo del Viento como ninguna otra antes le dio la ayuda que necesitaba para impartir una penitencia justa. Lysander perdió el equilibrio y Javier reunió las fuerzas que le quedaban para realizar media rotación sobre sí mismo. Con la palma abierta le golpeó de lleno en la cara. El golpe catapultó la cabeza de la foca hacia atrás, mientras el chasquido audible de su nariz primero y de su columna después atestiguaba que no opondría más resistencia.

Recuperando su arma, Javier escupió al suelo la sangre rancia que manaba de su boca. Dedicó un segundo más al cadáver.

- Tenía razón. Sin rencores.

- Me obligó -se justificó Grant, con el cuchillo apoyado en la garganta de Martínez-. - Quería matarlo sin hacerle hablar. No podía permitírselo.

Los sollozos de Anitha llegaron a Javier inmediatamente después de esas palabras.

- Björn, contéstame, por favor. - Estaba inclinada sobre su hermano, desplomado en un sofá, y presionaba desesperadamente con ambas manos la puñalada que había abierto un palmo el vientre de Aaltonen. Por la mancha roja que se extendía inexorablemente sobre los cojines que tenía debajo, se veía que era una batalla perdida. De repente, Anitha miró a su alrededor desconcertada. - Ya no respiraba...

Tenía que ser una pesadilla. Javier no podía ofrecer ninguna otra justificación para la escena. Nada encajaba y nada tenía sentido. Y el calor... Asarse en un horno habría sido más agradable que quedarse en el salón. Ya había un fuego soltando su acre humo en la cabaña patronal. Así había sucedido en el Alboardjoux, pensó; había bastado una sobrecarga en los generadores del prototipo para provocar un incendio cientos de veces más tremendo.

Grant lo vio. - No te metas, Herbert.

Apuntándole con su arma, le devolvió: - Lo haré, si bajas el cuchillo. Indiferente, Grant no cambió de expresión. Estaba frío, pero la impaciencia le quemaba por dentro. El temblor de su mano con el cuchillo lo delataba.

- Hay que nacer con la predisposición adecuada para matar a un hombre a sangre fría. Tú no la tienes. - dijo el Sello. Medio protegido por el cuerpo de Anitha, Grant no le hizo caso. Dejó que la hoja se deslizara para arrancar una gota que manchó de sangre el cuello de Martínez. - Necesito saber que no soñé, que lo que viví en el Atlántico fue real. Ahora se quitará el guante, profesor. Hágalo ahora.

- No tengo que demostrar nada, como tampoco tuve que demostrarlo en el Alboardjoux -Martínez resolló.

- ¡No era el Alboardjoux! - se puso rígido Grant. - Ya no lo era.

La foca tiró repetidamente del guante del profesor, arrancándoselo hasta la mitad.

Afortunadamente para aquella distracción, Javier pudo atraer a Anitha hacia él y apretar el gatillo con una trayectoria clara. No oyó el sonido del disparo ni vio el impacto de la bala, porque de repente la anomalía se abrió paso. Explotó desde la cabina patronal, incinerando el cuerpo de Grant y extendiéndose en forma de una ardiente nube globular que engulló la bala suspendida en el aire, a Martínez, a Björn, a Anitha y finalmente a sí mismo.

En ese breve instante antes de perder el conocimiento, Javier tuvo otra visión de la verdad. Una verdad ignorada por la Marina, la NSA, Aaltonen y los Seals. La verdad le fue revelada por el metal que alternaba con la piel de la mano de Martínez, que hervía y se desprendía de la carne al paso de la nube.

Era una verdad simple: el deflector funcionaba.

Capítulo 3: la llamada del bosque

En el amanecer que acababa de despuntar, la delicada luz del sol aún proyectaba algunas manchas de sombra sobre el suelo, resistiéndose tenazmente al avance del día. El aire cortante era típico de esta estación, preludio otoñal tardío de un invierno riguroso en la región de las Marcas.

En el pueblo, algunos gansos graznaban en los patios detrás de las casas que daban al arroyo. Todos los habitantes yacían aún durmiendo, excepto Mildrith del Hütiger.

- Sal de esa cama, viejo holgazán -gritó Mildrith, levantando los ojos de la olla en la que cocinaba la sopa de legumbres que serviría de plato principal de la semana.

Wulfgar la miró perezosamente desde debajo del vellón de carnero que llevaba apretado contra el pecho, y luego preguntó a su esposa: -¿Qué hora es?

Ella puso sus callosas manos en las caderas y lo regañó: - ¿Tienes que arrodillarte y rezar como un monje del rey para venir a preguntarme la hora? Apenas ha amanecido. Supéralo y sal de la cama. - Ella lo acercó y le arrancó su cálida protección.

- ¡Por Windolen y todos los Asen! - maldijo Wulfgar.

Los ojos de Mildrith se abrieron de par en par, sorprendidos. - Ahí es donde tu hijo aprendió esas frases.... Maldecir a los viejos dioses debe enorgullecerte. Has vivido demasiado tiempo entre los cristianos y empiezas a hablar como ellos.

Wulfgar infló las mejillas más que una rana bocio parda y dejó escapar un prolongado y sonoro suspiro. Era inútil protestar, tenía que prepararse para un día de trabajo igual a cualquiera que hubiera vivido en los últimos quince años. Se subió al borde de la cama y, de mala gana, puso los pies en el suelo, tocando el suelo helado.

El hormigueo le asaltó de repente.

Era un zarpazo de mil insectos en sus manos y pies, tan insistente que no podía moverse. Su pausa para pensar no pasó desapercibida.

- ¿Qué te pasa ahora? - Su mujer se limpió las manos manchadas de manteca en el delantal y le miró con curiosidad.

- È... - Se frotó los dedos para ahuyentar la sensación. - Nada. Alguna somnolencia de la noche. - Se puso el pantalón doble que solía llevar para protegerse del frío y salió de la cama.

Había ocurrido algo extraordinario, algo tan grande, tan inmenso, que parecía como si el sol y la luna hubieran invertido sus papeles. Aquel hormigueo que sentía era una señal de gran importancia. Ya lo había experimentado tan intensamente en dos ocasiones anteriores: la primera, cuando no era más que un niño feliz en las llanuras de Sajonia. Cada vez anunciaba grandes cambios, y muchos en el pueblo eran conscientes de ello.

A menudo se jactaba de ello cuando iba a tomar algo a la Taberna del Oso, pero también se convertía en el blanco de bromas sarcásticas que lo presentaban como un hechicero. Incluso Mildrith, su esposa, se había burlado repetidamente de su superstición. Sin embargo, para Wulfgar, aquella habilidad suya era lo más preciado del mundo, tanto que hubiera preferido perder a su esposa en las montañas antes que renunciar a ella. Y amaba profundamente a Mildrith.

En un rincón de la habitación, cerca de la chimenea que emanaba un calor que lo protegía del frío de la noche, su hijo Hering seguía durmiendo. Wulfgar le acariciaba el pelo cariñosamente, notando lo sano y fuerte que estaba creciendo.

- No lo despiertes -lo amonestó Mildrith-.

- Ni se me ocurriría. - El descanso en la Marca era un bien indispensable.

Se sentó a la mesa, esperando a que su esposa le trajera el desayuno. La vio acercarse con medio pan de centeno y una loncha de tocino asado. La casa en la que vivían era pequeña y, a medida que su hijo crecía, el espacio le parecía cada vez más reducido.

- Más tocino", se quejó al ver la grasa goteando lentamente sobre el pan sin levadura.

- Y además es el último. La despensa está vacía -cortó Mildrith-. - Será un invierno largo de superar si no completáis vuestra cuota.

Wulfgar gruñó. No hacía falta decírselo una y otra vez, sabía bien que el dinero escaseaba. Mordió el pan y lo encontró rancio casi hasta el punto de romperle los dientes. Masticó el bocado de mala gana, antes de devolverle el resto a Mildrith.

- Guárdalo. Lo comeremos esta noche junto con la sopa.

Se puso la camisa y la chaqueta con la cruz dorada de San Martín, el emblema de la Hermandad, cosida en la espalda. Aún le quedaba como el primer día que se la había puesto.

Mildrith sonrió y lo gratificó con un cumplido: - Eres tan guapo como el marqués.

- Quizá menos rico, pero igual de guapo. - Él le guiñó un ojo y se rió. - Ahora sácame de casa o podemos olvidarnos de la cuota.

Wulfgar llevó consigo las herramientas habituales: la fiel hacha de doble hoja, los guantes reforzados con piel de becerro y la ligera bolsa en la que sabía que ya había un frugal almuerzo de la noche anterior, el consabido mate de leñador preparado por su esposa. Mildrith era una gran mujer, pero cocinar era su punto débil.

- Me voy -le dijo-.

- Intenta...

- ¡No empieces! - le devolvió la llamada. - Ya sé lo que tienes que decirme. Trabajaré duro, te lo prometo.

Cuando se despertaba, Mildrith solía darle un sermón diario. Podía ser la escasez de harina, un par de zapatos nuevos para Hering, un agujero en el tejado que había que reparar, pero en general era el miedo a caer en la servidumbre por falta de dinero lo que la hacía abrir la boca. Si eso hubiera ocurrido, nada habría salvado a Hering y a los hijos de sus hijos de una vida miserable. No era una existencia que un descendiente del linaje sajón hubiera soportado. Por eso Wulfgar se rompió la espalda cortando leña y soportó las punzadas del hambre, para asegurar la libertad de sus descendientes.

Su esposa captó la indirecta: - Nos vemos esta noche.

- Nos vemos esta noche, Mildrith.

Al otro lado de la puerta de la casa, Wulfgar fue golpeado por una ráfaga de aire helado procedente de las montañas. Su barba, que se había dejado crecer obsesivamente para camuflar su nariz ganchuda, no le protegió y su rostro fue picado por pequeñas agujas heladas. Pronto nevaría.

Pero, ¿a quién le importaba? Su hormigueo prometía grandes cosas. Tenía que ser un día extraordinario en el trabajo, de lo contrario su familia conocería el significado del hambre durante un invierno en las Marcas. Lo había experimentado antes de casarse y había tardado años en recuperarse. Había ocurrido durante la deportación desde Sajonia de los westfalianos más revoltosos, cuando el rey Karius lo había considerado la solución definitiva a las constantes guerras fronterizas. Su padre y su madre habían muerto allí de penurias.

Sólo cuando empezó a sentir bajo sus pies la pendiente de la subida a su lugar de trabajo, Wulfgar se dio cuenta de que no tenía compañía. Normalmente, el cansancio de la subida por el camino de herradura hasta la zona que había que limpiar se aliviaba con una charla trivial con sus hermanos Gulli, Casper, Ladi o Arvid, el joven pescador que se había unido recientemente al equipo. Aquel día, sin embargo, nadie se había unido a él.

Una inusual pesadez empezó a ralentizarle. Sin motivo aparente, cada paso que daba por el camino de tierra era tan difícil como mover un tronco de abeto de veinte años. Incluso el hacha, que siempre había cargado con facilidad gracias a los músculos entrenados por su trabajo, tensaba el hombro sobre el que descansaba. El sol estaba a un cuarto por encima del horizonte y a esa hora hacía tiempo que se habría puesto a trabajar, lloviera o nevara.

Cuando empezó a levantar las polvorientas nubes que arrastraban sus pies, se concedió una refrescante pausa. Se apartó a un lado de la carretera y eligió cuidadosamente un peñasco de tamaño adecuado para sentarse cómodamente, en un claro de unos treinta pies de ancho, de modo que su mirada pudiera barrer tanto río arriba como río abajo de la carretera.

La auspiciosa sensación de su despertar había dado paso a otra, más vaga e indescifrable, que le dejó consternado. Comió una empanada de trigo, insípida y con la consistencia del yeso de una pared. De este modo creyó recuperar las fuerzas, que se le habían escurrido como de un odre perforado.

Wulfgar pateó un guijarro delante de él, y su ruidoso e inesperado rodar por la calle lo estremeció por un momento.

- Ven -oyó claramente, pero no vio a nadie.

Se volvió hacia la espesura que tenía a sus espaldas. Ni una hoja se movió para dar señales de vida.

- Estoy aquí por ti -insistió la voz, dentro de su cabeza.

No quería ir a ningún sitio que no fuera a trabajar y luego a casa, con su mujer y su hijo. Pero el eco de aquellas palabras en su mente hizo galopar la aprensión.

Mientras se apresuraba, su propia bolsa cayó de su regazo, derramando su contenido por el suelo. Se detuvo a recogerlo, sin prestar atención a la tierra que lo había cubierto.

- Qué más da", murmuró, dejando parte en el suelo. - De todos modos, no era comestible.

Se puso en marcha con determinación, tratando de ahuyentar la impresión de que le observaban. Al llegar a su lugar de trabajo, donde el sudor impregnaba el aire sin que hubiera talado aún ningún árbol, empezó a sospechar que le aquejaba alguna dolencia estacional que le obligaría a guardar cama, perdiendo tiempo y dinero.

Tras arrojar su bolsa al suelo y ponerse los guantes, salió en busca del primer árbol para talar, entre los numerosos tocones esparcidos por el suelo, prueba de su trabajo de días anteriores. Su elección recayó en un vigoroso abeto, situado en el límite de la zona de deforestación, único superviviente entre otros muchos ya talados. No le desanimó el grosor del tronco.

Al pasar el dedo índice por el filo de la doble hoja del hacha para comprobar su filo, se hizo daño en un dedo. Aquel día estaba especialmente distraído y no entendía por qué.

Al empezar a trabajar, le invadió una fuerte sensación de náuseas. Sin embargo, un golpe tras otro, cortó profundamente el tronco, descubriendo su parte interior, más ligera y menos coriácea, hasta que la estructura de la madera cedió. De milagro, se estremeció antes de que el tronco le arrollara.

A ese paso habría perdido el rango en la clasificación y podría olvidarse de comprar una nueva vaca en primavera. Sin embargo, el esfuerzo le había agotado.

Se decidió a cortar un abeto más y volver pronto a casa, a costa de aguantar lo que Mildrith le echara encima para subrayar su pereza.

Dirigió su atención a un tronco de dos años que en otras circunstancias habría dejado en el suelo, pero que en su estado le parecía el máximo esfuerzo soportable. El árbol había crecido en una zona sombría, a pocos pasos de donde se espesaba el bosque. Al llegar a él, tuvo que detenerse varias veces para mantenerse erguido. Finalmente, bajó la hoja.

Las vibraciones subieron por el mango y penetraron bajo su piel, anuncio de un poderoso presentimiento que le llevó a tocarse los labios con la mano izquierda. La retiró, empapada en sangre.

- ¿Qué me está pasando? - dijo, aterrorizado.

El dolor de su lengua sugería que se había mordido profundamente durante el día, tanto que la sangre ya se le había coagulado en la barbilla. La cabeza le latía con fuerza, en sincronía con los latidos de su corazón, que Wulfgar podía distinguir claramente.

Se habría quedado mirando su mano sin cesar de no ser por el susurro de un arbusto que le hizo levantar la vista hacia el bosque. La oscuridad era intensa, pero por un momento se encontró con la mirada de las negras pupilas de una criatura desconocida. Luego, igual que habían aparecido, desaparecieron.

Supo que junto a ellos, en el bosque, acechaba quien le había llamado, una presencia de fuerza indescriptible, superior a todo lo que había visto o creído ver. La llamada no había sido una ilusión.

- Hoy has elegido tu camino", le amonestó la voz.

El leñador agarró el hacha con las dos manos y exigió: - ¡Tú, el del medio, sal inmediatamente o te parto en dos con esto!

No hubo respuesta.

Pensó que se había equivocado, que sólo era una sugerencia. Al negarlo, sus sentidos se embotaron y quedó ciego durante unos segundos. Reunió la energía que le quedaba para lanzarse contra el supuesto atacante.

- Maldito seas, ¡te mataré!

No tuvo tiempo de pisar el acelerador tras el primer paso cuando se dio cuenta de que había cometido el mayor error de su vida. La figura animal que antes había escoltado se había deslizado hacia su izquierda, aún oculta entre la vegetación del bosque.

Wulfgar volvió su cuerpo y su improvisada arma contra la amenaza, dispuesto a implorar clemencia si el enemigo resultaba imbatible. Cuando lo vio, su última opción fue lanzar un grito inconsolable e inútil.

La enorme criatura estaba sobre él y hundió su pico rapaz en su vientre, desgarrándolo de una sola pasada. Desesperado, el leñador golpeó repetidamente la espalda del hada con su hacha, sin cortarla, como si hubiera usado una espada de madera sobre un escudo de hierro. El ser se alimentaba de su cuerpo, arrancándole las entrañas aún calientes, y nada humano podía distraerlo del instinto primario que lo invadía.

Se oyó un silbido y palabras de advertencia.

El animal reconoció la voz impaciente de su amo. Ya no podía detenerse o sería castigado. Abandonó con tristeza los restos de su comida y regresó a la seguridad de la espesura con paso pesado. Nadie lo sabía aún, pero el viaje hacia el Día del Destino había comenzado.

En la aldea, el olor a muerte estaba por todas partes, anormalmente pesado para el clima en el que había tenido lugar la masacre. Y el miedo se cernía sobre los tejados de paja de las casas destruidas, sobre las cestas de mimbre pisoteadas en medio de las calles, sobre el ganado destripado y abandonado a su suerte en los corrales. Reinhard se quitó los guantes para acariciar a su caballo, inquieto bajo la capa que le cubría.

- Señor, ¿puedo explicarle la situación? - preguntó el hombre que ocupaba el puesto de sacristán.

Rondaba los cincuenta años, pero seguía mostrando una forma física impecable. Su agilidad de movimientos y su definición muscular, visible incluso bajo la ropa, lo confirmaban. Vestía una túnica con los colores de su señor, blanco y azul, acompañada de una larga cota de malla que le llegaba hasta la cintura. Dos espinilleras personalizadas con la imagen de un águila en los tobillos completaban su armadura de viaje.

Su rostro estaba marcado por los años y las batallas libradas, pero en sus ojos aún brillaba el ardor de la juventud.

- Adelante, Siniscalco, te escucho. - Reinhard utilizó una fraseología formal, como correspondía a la presencia de personas de rango inferior, aunque algunos habían sido amigos suyos desde la infancia.

- Encontramos veinte cadáveres de adultos. Quince estaban en el pueblo, uno en el campo de desalojo asignado por la Hermandad a estas familias, y cuatro junto al arroyo, cogidos lavándose.

- ¿Eso es todo?

El sacristán vaciló, indeciso, y luego reanudó.

- No, señor. Los cuerpos muestran mutilaciones indescriptibles. Mi primera impresión fue que bestias hambrientas se habían ensañado con sus cadáveres. Además, sus cabezas...

El caballo de Reinhard relinchó con fuerza, dando muestras de querer desbocarse. Con una mano, el marqués tiró de las riendas y volvió a tener el control.

- Rápido, ¡acabad! - ordenó, desconcertado por el incidente.

- Sí, enseguida, señor. - El siniscal buscó una definición adecuada y completó: - Algunos han sido decapitados.

- Los pumas pueden arrancarle la cabeza a un hombre -dijo el marqués-. - He sido testigo de ello durante cacerías en los bosques de la vertiente norte de la Marca.

- No, en este caso no. Encontramos las cabezas empaladas en el arroyo, dispuestas en círculo. Alguien quería darnos una advertencia.

- ¡Eran los moros!

Reinhard se estremeció ante la visión que le había presentado el siniscalco, mientras el otro hombre hablaba despreocupadamente.

Debía de haber vivido escenas semejantes en el pasado, y alguna podría haberla provocado él mismo.

- Tal vez, señor... pero la temporada de incursiones hace tiempo que pasó. Ahora nunca cruzarían la frontera, por falta de pastos y forraje.

- ¿Y los niños? - preguntó el marqués.

- No hay ninguno.

- Entonces ve a buscar a los hombres que están junto al arroyo y que entierren los cuerpos. Nos preparamos para partir. Debemos registrar la zona. Si no descubrimos nada, regresaremos a Perre.

- Como ordene, señor. - El hombre hizo una reverencia a modo de despedida.

Tras atar su caballo a una valla con una larga cuerda, Reinhard dio unos pasos. Estaba dolorido por las cinco horas de galope que habían soportado. Hundió las herraduras en el barro y se arriesgó a resbalar.

Capítulo 4: El pasado y el presente

El olifante golpeó varias veces contra la empuñadura de la espada, retorciendo la hebra que la sostenía, de modo que el marqués se vio obligado a desenredar el embrollo y colocar aquel cuerno en la parte delantera. Se diría que su peso había aumentado desproporcionadamente desde el día en que lo hizo sonar, en la emboscada de Roncesvalles, añadiendo a ello la ignominia de haber pedido ayuda en el momento de peligro.

Era muy joven entonces y no había sopesado las consecuencias.

Ningún noble, y mucho menos un Par, se había atrevido a hablar de ello en su presencia. Sin embargo, en el trasfondo, atormentándole, estaban los cotilleos de las mujeres, las miradas de los criados, el murmullo de la gente. Fueran cuales fueran las habladurías, había sido lo correcto, hacerla sonar de inmediato, avisar al rey Karius y conseguir ayuda contra aquellos montañeses a los que ahora tenía que gobernar. Así había salvado la vida de un gran número de hombres.

Reinhard se despertó de aquellos pensamientos. Eran el pasado. Pero también el presente le causaba dolor.

El día anterior había llovido a cántaros, una lluvia espesa y helada que anunciaba la inminente nevada. El cambio de itinerario en su patrulla habitual, con un desvío hacia el sur, hacia el borde del páramo, se había hecho para acortar el viaje de vuelta a casa y evitar quedar varados en los pasos de montaña por una ventisca repentina.

Habían encontrado el pueblo por casualidad. El mapa que llevaban sólo indicaba el arroyo río abajo y hacia allí se habían dirigido aquel día, para dar de beber a sus caballos. En el camino, habían tropezado con la masacre.

El cúmulo de casuchas que constituía la aglomeración era el mismo que cientos de otros que habían surgido a lo largo de los años, incontrolados e incontrolables, siempre siguiendo las concesiones otorgadas por los mercaderes de la Hermandad, autorizadas por él mismo, Reinhard de Bretaña, Señor de la Región Española y de Granada, Par del Reino y señor feudal del Rey. Fue en esas coyunturas cuando sintió el peso de su posición. Debería haber protegido a los habitantes, pues eran sus súbditos, pero ¿cómo iba a hacerlo cuando ni siquiera sabía de su existencia?

Era demasiado tarde para culparse. Estaban muertos, asesinados por manos tan sanguinarias como despiadadas. Quedaba una incógnita: dónde estaban los niños. Vendidos como esclavos en alguna plaza del Emirato, en el mejor de los casos, o asesinados en otro lugar y abandonados a los perros.

Avanzó hacia el centro del pueblo, un cruce de caminos de grava, y una voz familiar le atrajo.

- Reinhard, ¡rápido! Por aquí.

No le resultó difícil hacer coincidir la figura oculta en una choza con los rasgos de Olindo, su amigo fraternal además de vasallo por derecho de adquisición. Su cuerpo alto y esbelto, combinado con el cabello castaño suelto, delataban su procedencia de tierras fuera de la Marca.

Reinhard miró con el rabillo del ojo a los tres escoltas que se habían quedado con ellos, para comprobar si habían oído la informalidad de la llamada. No le gustaba que olvidaran su título en presencia de la tropa. Los tres charlaban distraídamente, empeñados en intercambiar impresiones sobre lo ocurrido.

- ¿A qué esperáis? Venid -insistió Olindo más solícito. El marqués murmuró una frase sobre la pérdida inútil de tiempo y le siguió a regañadientes al interior de la casa.

El impacto con el ambiente cerrado fue tremendo. El aire estaba saturado de los humores asfixiantes que emitía un cadáver, aunque era una apuesta llamarlo así. Era una maraña descompuesta de miembros y torso, amontonada contra la pared opuesta a la puerta. Su muerte sólo podía remontarse a la mañana, y la sangre aún no se había coagulado del todo. Por muy claro que fuera ese detalle, la desintegración de la carne era evidente, como si manos oscuras la hubieran tocado.

- Utiliza esto. - Olindo le tendió un paño de lino suavemente estampado. Al principio Reinhard no entendió qué debía hacer con él, así que su compañero le indicó con la mano que se lo llevara a la boca. - Respirarás mejor.

Las pocas bocanadas de aire que tomó a través del filtro de tela le produjeron un alivio inmediato. El marqués había luchado en sangrientas batallas siguiendo al rey en las guerras contra las tribus sajonas, pero no era insensible a la visión de la muerte. Escrutó el rostro de Olindo para descifrar su expresión en la penumbra del único cubículo del que se componía la casa. No captó nada que delatara sus sentimientos.

- Estamos en la casa de la familia Hütiger, según la autorización de la Hermandad en el registro del pueblo -continuó Olindo-.

- Está bien que nombres a los muertos -comentó Reinhard-, pero sé breve, si quieres hablar conmigo. No soporto... - Señaló los restos en descomposición.

- Lo comprendo, pero era necesario que lo viera usted mismo. - Le mostró la pared sobre los cadáveres.

A primera vista, Reinhard no distinguió más que un confuso esbozo que temió que fuera sangre. Olindo comprendió su dificultad y se apartó de la entrada para dejar que se filtrara más luz. Lo que le habían señalado al marqués apareció claro y bien visible. En la pared se había dibujado un gran círculo casi perfecto. En su contorno había glifos rúnicos dentados y estilizados.

- Estaban pintados con sangre -confirmó el amigo-. - ¿Sabes lo que representan?

- Me cuesta identificar las letras de mi nombre en los escritos capitulares, ¿y esperas que sepa interpretar estos símbolos?

- Creía que los recordabas...

- Me son familiares, es cierto. Sin embargo, se me escapa dónde los he visto antes y, desde luego, su significado -replicó Reinhard, cautivado por las líneas trazadas en el tremendo fresco-.

- A mí también me ha costado reconocerlas. Han pasado muchos años desde mis estudios en la capital y los recuerdos se desvanecen. Es rúnico sajón, un pasaje al Gēsten Naht.

- Los días de la interminable Noche de los Espíritus que precederá al Asernalag, el momento en que se cumplirá el destino de hombres y dioses, según los sajones...

- Con certeza. He visto los mismos tratados escritos en copias estudiadas en la Escuela Palatina. Reproducían lo que estaba escrito en el tronco de Irminsul, su roble sagrado, antes de que el rey Karius ordenara su tala. Tú estabas allí cuando ocurrió. - El marqués enarcó las cejas, incapaz de contener su sorpresa. Entonces Olindo especificó: - Estudias las costumbres sajonas para combatirlas lo mejor que puedas.

- Es imposible que tengas razón. Los Penitenciales nunca habrían permitido que las ideas paganas se extendieran en el reino.

- Estas familias habían sido deportadas de los estados de Westfalia. Ni siquiera la firmeza de los monjes del Rey podría obligar a un descendiente de los Pueblos del Norte a renunciar a sus antiguas costumbres. A no ser que los Penitenciales adoptaran sistemas distintos a las oraciones para convertir a los hombres.

Reinhard tosió, apretando aún más la tela entre sus dedos. - ¿Quieres hacerme creer que esta masacre fue llevada a cabo por algún monje fanático?

Salieron fuera, pues el aire de la casa se había vuelto pestilente.

- No los creo capaces -corrigió Olindo-. - Después de todo, son hombres de Dios. Su mano armada es el ejército del rey Karius, hemos tenido pruebas de ello en más de una ocasión. Pero... ningún soldado real pisaría sus tierras sin su conocimiento. - Hizo una pausa en su razonamiento para reflexionar. Tras una pausa, completó: - Además, los símbolos no son obra de los sajones. Dibujar esas marcas es un sacrilegio para ellos.

- Antiguamente uno podía evitar el castigo sometiéndose a la ordalía del agua. Esto me lo contó hace años el siniscalco que lo vio pasar entre los prisioneros. Ahogarse y ser considerado inocente o sobrevivir y soportar su justicia. Malditos paganos...

- Cuánto desprecio de los que se casaron con uno.

- ¡Yuma ha sido bautizada!

- ¿Te molestaría que no lo estuviera? - llegó a retar a Olindo. La expresión de impaciencia del marqués ante la pregunta espoleó al caballero para no entrar en territorios dialécticos de los que ni siquiera la amistad permitiría regresar. Por ello, desvió el discurso hacia los sajones: - Yo no diría que la situación actual haya cambiado mucho. Quizá no se llegue al linchamiento público, pero un castigo equivalente, perpetrado en privado, puede considerarse la regla. Es una razón válida para creer que ningún hombre en su sano juicio estaría dispuesto a correr el riesgo.

- Entonces, ¿los sajones mantendrían en secreto sus costumbres? Han jurado lealtad a la corona del Rey Karius y a Nuestro Salvador Jesucristo. Saben lo que pasaría si traicionaran su palabra.

- No todos han jurado, Reinhard. Y algunos entre los que han recibido el bautismo ahora lo niegan, por interés o por fe.

- Luego se atreven a cruzar nuestras fronteras para castigar.... - Su indignación sofocada en otra tos.

- ...a aquellos que son leales al Rey Karius. Deben de considerarlos traidores -complementó Olindo, siguiendo el pensamiento del marqués.

El sol se había alzado en el cielo para difundir un calor mínimo. Reinhard devolvió el paño, que había descubierto que era un fragmento de gabán bordado, y se frotó las manos en las mejillas para calentárselas. Después expresó su perplejidad: - ¿Quieres decirme que recorrerían el reino de norte a sur para llevar la muerte a las familias madereras de las Marcas? Impensable. No sé cuál es la verdad... la tuya, sin embargo, es algo cuestionable. Fui a la escuela de armas y estos rumores literarios me confunden. Tú eres el erudito.

Había lanzado involuntariamente la tardía reconsideración de Olindo que lo había alejado del claustro para aceptar el vasallaje. Si hubiera aceptado inmediatamente la carrera de su padre, excelente estadista y valioso consejero del rey, no habría perdido los títulos y honores que le correspondían por derecho dinástico. En cambio, se había convertido en un híbrido inquietante. A la luz del comentario anterior de su amigo sobre el desprecio a los paganos, la declaración de Reinhard había adquirido el cariz de un insulto deliberado. Se arrepintió.

- Perdóname, Olindo, si mi lenguaje te ha parecido ofensivo. No era ésa mi intención. De todos modos, ¿a dónde querías llegar con tu historia?

- Probablemente a ninguna parte -se apresuró a responder el otro, evitando hacer hincapié en el insulto que había recibido-. - Es alarmante lo que hemos visto hoy, en relación con las runas.

- ¿No quieres hacer caso de los mitos paganos? - preguntó Reinhard, con mal disimulado asombro.

Olindo se dispuso a responder del mismo modo, pero se contuvo por la llegada del siniscalco, jadeante. Había corrido a una velocidad vertiginosa con el peso de la armadura encima. El soldado apoyó las manos en las rodillas y respiró hondo.

Una vez recuperado el porte de su oficial superior, anunció: - Señor, hay huellas en la orilla del arroyo, río arriba del vado. Son recientes, de esta mañana.

- ¿A qué esperamos? ¡A caballo para iniciar la persecución! - les espoleó el marqués.

La orden fue recibida de inmediato por los hombres vecinos, que la transmitieron a los del extremo opuesto de la aldea. Reinhard dejó de lado la reciente discusión con Olindo, desechándola como mera superstición, aunque presente en un hombre educado y sagaz.

Su montura, ahora mansa, le esperaba donde la había dejado. Cuando estaba a punto de montar, el marqués vislumbró a Olindo y al siniscalco hablando animadamente entre ellos. No captó el sentido de su discurso, porque ambos tendían a mantener un tono de voz más bien bajo, con frases acompañadas de gestos frenéticos.

- ¿Hablaréis hasta que el infierno se congele? - les preguntó, una vez hubo subido a la silla de montar. - Si nos demoramos, tendremos menos posibilidades de atrapar a los culpables.

El siniscalco se calló, bajando la mirada, en señal de sumisión. Olindo se demoró unos instantes más, indeciso sobre qué actitud tomar; al final optó por obedecer y unirse a su caballo. Lo montó, colocando sobre su lomo la francisca, de la que era un experto lanzador. El ligero mango de madera del hacha no compensaba el peso de su cabeza en forma de s. No era una carga de recuerdos igual a la del olifante del marqués, pero hasta él tenía de qué quejarse a caballo.

El grupo se puso en marcha en cuanto el siniscal, de rostro sombrío y mal humor, se hubo unido a la patrulla.

El arroyo estaba a una legua del pueblo y la ruta directa, que les habría permitido llegar en poco tiempo, consistía en un escarpado barranco, no apto para caballos. Esto les obligó a seguir el camino utilizado para llegar a pie, una franja de tierra, llena de curvas y descensos bruscos.

Olindo se puso inmediatamente al lado de Reinhard. - El siniscalco me dio algunas noticias poco reconfortantes sobre el sendero.

El marqués miró al siniscalco que le seguía a corta distancia y le fulminó con la mirada. ¿Cómo se había atrevido a ocultarle información? El hombre aminoró el paso para evitar la reprimenda de su señor.

- ¡Sangre de Judas! A estas alturas parece que tú eres el marqués, Olindo -soltó Reinhard, mordiéndose el labio para reprimir su ira-. - Mis hombres, incluso los de más confianza, siguen eligiéndote como depositario de sus confidencias. - Olindo no dejó pasar por alto aquella segunda falta de respeto.

-Hasta a los hombres experimentados les ocurre correr hacia lo desconocido -replicó con prontitud-. - El siniscalco no es una excepción, y pedir información a gente como yo, estudiante de un arte diferente, puede ser una excelente manera de servir a su señor, en lugar de fastidiarle con argumentos incomprensibles.

Eran palabras sabias. Reinhard se sintió avergonzado por haber utilizado una mano dura, así que emitió un gruñido de disculpa.

- ¿Qué puede ser tan extraordinario que no quepa en la ilimitada experiencia de mi siniscal? - se preguntó el marqués.

- Lo verás en el torrente. No te lo diré por adelantado, porque no me creerías si te lo dijera.

Hubo un silencio entre ellos, lleno de suposiciones, algunas de ellas no muy tranquilizadoras. A Reinhard las teorías expuestas le parecían bastante fantasiosas. Aquella actitud entre lo místico y lo supersticioso le desconcertaba. Consideraba mucho más probable que la masacre hubiera sido perpetrada por una banda de moros, especialmente brutales, tenía que admitirlo, pero con los años las incursiones se habían vuelto cada vez más crueles y frecuentes.

Los ataques a caravanas de mercaderes y pequeñas aldeas estaban a la orden del día en las tierras del sur, cerca del desierto. Habían sido la razón de sus patrullas periódicas a las fronteras del señorío. Nunca se habría planteado sustituir esa amenaza concreta por fantasías.

Cuando llegaron al arroyo, el cielo estaba cubierto de nubes. Tenían que darse prisa, de lo contrario quedarían atrapados por la nieve a lo largo del camino. A lo largo de la orilla se veía la fosa recién cavada en la que habían depositado los cadáveres encontrados en el lugar. Reinhard y Olindo avanzaron, mientras que el resto de la patrulla se quedó atrás, organizada en una cautelosa formación de cuña, al abrigo de posibles emboscadas.

- ¿Dónde están las huellas? - preguntó Reinhard.

- Más allá de la zanja, junto a las rocas de su derecha, señor. - El sacristán señaló piedras de diversos tamaños, amontonadas por la corriente de manera que recordaban la forma de un buey.

El agua se arremolinaba en remolinos y con su aullido tapaba los sonidos del monte. Al llegar a la posición indicada por el siniscalco, el marqués y Olindo tuvieron cuidado de no acercarse a la parte más expuesta del bosque.

No costó mucho esfuerzo detectar las huellas, gracias al suelo embarrado. Las señales eran tan inconfundibles que resultaban claras incluso para el ojo inexperto. Las huellas se caracterizaban por su anchura y profundidad inusuales; no podían ser de hombres ni de caballos.

Reinhard se arrodilló para evaluar de cerca un surco, pasando los dedos por él y volviendo a dibujar en una paleta mental imaginaria qué criatura poseía unas patas capaces de hundirse así en el barro.

- No pueden interesarnos. Deben de pertenecer a un animal salvaje de paso por el arroyo. - Se sacudió de las manos el limo que las había cubierto.

Olindo discrepó: -Le aconsejo que las mire con más atención. ¿Ve las depresiones en la parte delantera de las huellas?

Señaló una marca en la parte delantera, donde deberían haber estado los dedos o las garras del animal. En su lugar se había impreso una media luna con agujeros en el centro.

Reinhard se quedó atónito. - ¡Habían sido herrados! Diría que, además, por un herrador experimentado.

- Así es, pero el animal que ha dejado estas huellas debe pesar cinco veces más que un caballo, y no me atrevo a imaginar quién podría ser el jinete.

El marqués se aplicó a repeler las imágenes de pesadilla que invadían su mente. Primero la masacre sin explicación, luego los glifos del Gēsten Naht y, por último, las huellas de un animal domesticado del tamaño de un carro de ganado.

- ¿El sacristán te habló de esto?

- Sí, lo hizo. No quería acudir a usted sin una explicación y pensó que mi cultura incluía algún conocimiento útil para resolver el misterio, pero se equivocaba. Nunca he visto nada ni remotamente parecido a esta criatura y espero no verlo nunca.

Olindo llegó al arroyo, donde las huellas se desvanecían en su lecho. Uno o más animales habían vadeado el arroyo en ese punto.

- ¿Crees que es prudente lanzarse a una persecución con unos pocos hombres? - preguntó a Reinhard, el único que podía asumir el peso de la decisión.

El marqués se humedeció los labios con agua, ardiendo de ansiosa sed, y luego dijo: - Volveremos a Perre para organizar una búsqueda en la región. Perderemos tres días como máximo en los preparativos.

- Es la mejor elección que se podía hacer. - Olindo se dio cuenta de la mirada interrogante de Reinhard, así que añadió: - No me malinterpretes. No discuto tu valor, pero cuanto mayor sea nuestra fuerza, mayores serán nuestras posibilidades de localizar a los culpables.

- Cierto. Aunque me preocupa el manto de misterio que se cierne sobre este asunto. Los sajones no tienen ningún interés en fabricar la historia. - El marqués se encogió de hombros, tranquilizándose.
- Ya tendremos tiempo de reflexionar con calma cuando estemos

en casa. Por ahora, dejemos que los muertos descansen en paz y evitemos arriesgarnos con teorías no probadas.

Se retiró a un lado, tras ordenar que se completara el entierro. Su rango le separaba de los demás. Podía vivir con el aislamiento, pero nunca se acostumbró a él.

Caía una lluvia molesta, que penetraba bajo la túnica blindada del marqués y empapaba su túnica y su capa. Las gotas individuales, con rebotes irregulares en los cascos abiertos de los soldados, producían una armonía desconocida, luego corrían por la nariz y caían al suelo como lágrimas.

El pelotón reanudó la marcha por la montaña que conducía al puerto de Fermezza y desde allí al valle que formaba el corazón de la Marca: Roncesvalles. Allí estaba la casa de Reinhard, la Perre de Chevaler, la Piedra del Caballero, y vivían los seres más queridos. El marqués siempre había pensado que era el lugar más seguro del mundo. Esa certeza se había desvanecido en el pueblo, a la vista de los cadáveres y las runas pintadas con sangre.

El paisaje se repetía casi idéntico, hora tras hora. Una inmensa extensión de coníferas, siempre la misma, se aferraba a las laderas de las montañas, cubiertas de nieve a altitudes relativamente bajas. De vez en cuando, un zorro de los hielos, que había empezado a mudar y era mitad leonado y mitad blanco, les seguía furtivamente.

- Aquí hay un animal que conozco", dijo Reinhard a Olindo, señalando al zorro. - No me da miedo.

- Ni siquiera le tendrías miedo a un oso que acabara de salir de la hibernación.

- Los hombres no sólo temen a la muerte. Me asusta lo que desconozco.

Olindo se irguió sobre sus estribos y emitió un prolongado silbido. El zorro se refugió en los árboles.

- ¿Lo ves, Reinhard? El miedo a lo desconocido es común. Sólo fue un silbido, pero el zorro escapó. Cuando hayamos descubierto lo que hay detrás de las huellas que se ven en el arroyo, no le tendremos miedo y no huiremos.

- Tienes razón, amigo mío. Nos falta conocer las causas.

- Y no sólo eso. También nos falta creer en nuestros propios medios, de lo contrario no tendríamos tantas dudas.

Bajo el peso de esa doble carencia, recorrieron el sendero entre los árboles y llegaron a un floreciente pueblo en la ladera del puerto que conduce a Roncesvalles. Las casas eran de mampostería, de varios pisos, cuidadosamente acabadas. Las calles, pavimentadas en piedra negra, habían sido holladas por innumerables ruedas de carro hasta el punto de hacer muescas en el pavimento, grabado con dos surcos paralelos, lo que demostraba el tráfico comercial que se había desarrollado en el pueblo, parada obligada de las caravanas de mercaderes que venían del sur. Se detuvieron en "Il Boccale del Duca", una rústica posada lo bastante rústica para no caer en el exceso.

En cuanto Reinhard se sentó a la mesa en el centro de la habitación, el posadero se acercó rápidamente. El hombre había adivinado de inmediato que sería él quien pagaría. Aunque no le reconoció, los colores de las insignias de sus ropajes y caballos no dejaban lugar a dudas: quienquiera que estuviese asociado con el marqués llevaba consigo una considerable suma de dinero.

El posadero era bajo de estatura y corpulento, con un notable retroceso de cabello que le hacía parecer mayor de sus probables cuarenta años. La sinceridad de su sonrisa le confería cierto grado de simpatía, demostrando lo importantes que eran los buenos modales y la obsequiosidad en el arte de la hospitalidad.

- Señor, ¿en qué puedo servirle? - le ofreció.

- Cerveza para mí y mis acompañantes -ordenó Reinhard, consciente de que las bocas llenas y los cerebros ligeramente nublados difícilmente podían relatar lo que habían visto por la mañana.

Al oír esta petición, se elevaron exclamaciones de aprobación desde la mesa en la que estaban sentados el senescal y el resto de los hombres. En su mesa se sentó Olindo, el único que tenía derecho a ella.

El lugar estaba desierto, salvo por dos figuras recluidas a un paso de la puerta de la cocina, vestidas con el hábito negro de la Penitencial.

El marqués se volvió hacia el posadero: - Hay poco tráfico por ser las últimas semanas de practicabilidad del paso.

Volviendo con las cervezas, el tabernero se puso a su disposición para charlar y conseguir una buena propina.

- Tiene usted ojos agudos, señor. No es por presumir, pero en mi posada en años pasados paraban cientos de viajeros durante este periodo, mientras que en los últimos días ha sido un desastre.

El posadero mostraba un rostro triste, señal de que apenas digería la pérdida de beneficios. Dejando a un lado sus pensamientos personales, entregó las tazas, deslizándolas sobre la plataforma y esparciendo espuma blanca por todas partes.

- Tiene que haber una razón. ¿Algunas cosechas perdidas por la sequía en las tierras de los moros que dan al mar? - intervino Olindo, intrigado por el ingenio del posadero. El hombrecillo enterró la cabeza entre los hombros y por primera vez perdió la sonrisa de la que se enorgullecía.

- Señor, justificaciones puede haber muchas, algunas válidas, otras no tanto. Las hay verdaderamente aterradoras. - Reinhard volvió a dejar sobre la mesa la taza de la que había empezado a beber.

- Cuéntenoslo, buen hombre -le instó-. - Si tu historia es interesante, te recompensaré. - Se echó la capa hacia atrás lo suficiente para mostrar la bolsa de monedas de plata atada a su cinturón en el lado opuesto a la espada.

El posadero puso cara de ofendido.

- No, gracias. Nunca aceptaría dinero para hablar con usted, señor. Sólo... -Miró a los penitentes, sentados a tres mesas de ellos.

Estaban comiendo sopa de repollo en absoluto silencio, a juzgar por el olor que salía de sus cuencos. Lo que ocurría en el resto del local no les interesaba lo más mínimo, o lo delataban muy bien. Anclándose con un codo en la mesa, el posadero reanudó la conversación en un susurro.

- Si me permite decirlo, señor, le sugiero que se mantenga alejado de cualquier extraño que encuentre en su camino, especialmente si va vestido de monje.

- ¿Y eso por qué? - preguntó Reinhard.

Su interlocutor se golpeó la sien con el dedo índice. - Han perdido el juicio. Al menos eso creo yo. Esta mañana ha venido un tipo con una decena de bestias de carga. Dijo que era de un pueblo costero de la costa oeste, pero no le creí en absoluto. Iba vestido como un pilluelo y la mitad de las mulas que tiraba estaban descargadas. Es más, ni siquiera llevaba ayudante. ¡Que me quede ciego y sordo si no era un ladrón!

- La violación y el robo no serían nada nuevo -comentó Olindo ácidamente.

- Sí, señor. Es tristemente cierto -colgó el posadero-. - Pero ese hombre me impresionó por otra cosa. - Bajó aún más el tono de su voz hasta caer en un fino susurro.

- ¿De verdad? - replicó Olindo, poco convencido de la veracidad del relato.

- Era un bicho raro. Balbuceaba sobre desventuras que le habían ocurrido durante el viaje, a la entrada de los territorios de las Marcas, en las crestas donde el bosque da paso al gran desierto meridional.

Reinhard inclinó el torso para escuchar con atención. Hablaba de la zona de la masacre del pueblo. El posadero debió de notar su reacción, porque se calló, tal vez pensando que había cometido una falta o utilizado una jerga impropia de los nobles señores a los que servía.

- Adelante, no te preocupes -le tranquilizó-.

- ¿Dónde estaba? - El hombrecillo se rascó la cabeza justo en medio del clérigo, de una manera tan graciosa que arrancó una sonrisa a los dos caballeros. - Ah, sí. Ese tipo... hablaba, hablaba, hablaba, no paraba. E invitaba a beber a cualquiera, con tal de que se detuviera a escuchar. Después de la cuarta pinta sospeché que estaba borracho como una cuba. Se había aventurado a hablar de unos extraños seres salvajes que le habían atacado. Los describió perfectamente.

- Y cómo eran, oigámoslo.

- Serían los mestizos, hijos demoníacos del apareamiento entre enormes animales cuadrúpedos y jinetes de piel negra como la brea. Lo juró por la cabeza de sus hijos y, ojo, no son palabras mías, nada podría detenerlos, incluido el ejército del rey. Aquellas criaturas habían matado a los trabajadores de su séquito, eso creía él, porque no se había quedado a verlos y había huido. Sólo a última hora de la mañana se había dado cuenta de que la mitad de las bestias, contratadas para aquel viaje, le seguían mansamente. Entre cerveza y cerveza les advirtió que se alejaran de aquellos lugares, que según él estaban malditos.

Olindo, pensativo, se pasó una mano por la boca.

- Bonita historia -apreció-. - Pero he oído otras mejores de narradores mejores que tú. Hay cientos de leyendas sobre monstruos y milagros de muchos tipos: Valquirias con trenzas rubias que se alimentan de carne humana, serpientes de arena capaces de tragarse un caballo y su jinete de un bocado, y barcos o mansiones que surgen encantados de las dunas. Incluso hay quien dice que el desierto nació en una noche, cuando era niño, devorando hierba y árboles desde el crepúsculo hasta el amanecer. La mayoría, si no todas, son producto del calor y de la imaginación de quienes las cuentan. Si creyera todo lo que sale de la boca de un hombre bajo los efectos de la cerveza, podría ver volar a mi caballo.

- Yo también había pensado lo mismo -confirmó el posadero-. - Sobre todo desde que ese desgraciado huyó sin pagar mi cuenta. - rechinó los dientes al recordar el engaño.

- ¿Cambiaste de opinión?

- Sí, por culpa de esos dos. - Se dirigió a ellos haciendo girar el pulgar a los penitentes que ya habían terminado de almorzar. - Llegaron por casualidad después de la huida del mercader. Se instalaron en un escenario montado al efecto en la plaza del pueblo y siguieron predicando hasta la hora de comer, proclamando el próximo fin del mundo. Aderezaban sus prédicas con detalles truculentos sobre el dolor que íbamos a sufrir. Hablaban de ello como si fuera prerrogativa suya decidir quién sufrirá y quién no.

- ¿Y qué? ¿No lo han hecho siempre? - estalló Reinhard, decepcionado por el cariz que tomaban los acontecimientos.

- Así es, señor. En días festivos e incluso en días laborables.... Pero nunca habían afirmado que los signos del Apocalipsis hubieran sido avistados y que consistieran en los Wranthas, los espíritus malignos mencionados en las leyendas de los sajones. Demonios, los llaman... Con los desplantes que oigo de los leñadores de por aquí, procedentes de Sajonia, puedes comprender mi temor cuando las tradiciones de aquellos paganos volvieron a mí. Que Dios me perdone por repetir sus creencias impías, que recitan: las estrellas morirán y la noche interminable llegará al final de los años frondosos. Los Wranthas, hijos negros de esa noche, asolarán el mundo en sus infernales monturas, como castigo por los pecados de los hombres. Y el mercader hablaba de seres de piel negra.

- El pasaje continúa diciendo: el hijo se alzará contra el padre, el hermano contra el hermano, hasta el momento en que los Asen vuelvan sobre nosotros su mirada misericordiosa y nos socorran para librar juntos la batalla final el día de Asernalag - declamó Olindo. - Lo hemos leído hoy en otra aldea.

- Por piedad, no le deis cuerda, si no nos ahorcará -dijo el marqués, picado por la irritación.

Hubo comentarios dispares entre los presentes. Los hombres de Reinhard habían oído pronunciar las impronunciables palabras, y la superstición campesina se impuso por un momento a la fe en el Dios Único. Fue una sacudida fugaz, pronto sustituida por el traqueteo de los soldados que volvían a beber, tan ruidoso como antes. Reinhard no toleraba que el miedo se extendiera entre la gente.

Así lo declaró a los presentes: - Una lanza afilada puede traer la muerte, no abstrusas historias de fantasmas. Si Nuestro Señor va a poner fin a los días del Hombre, no serán los monjes quienes decidan la salvación de nuestras almas, sino su misericordia.

Inclinó la silla hacia atrás y se dirigió hacia los dos penitencialistas, ocupados hablando entre ellos y ajenos a su llegada.

- Señor, ¿os he ofendido con mi petulancia? - gritó el posadero, trotando tras él con un trapo en la mano.

Reinhard no respondió y continuó impertérrito. Enseñaría a los monjes a estar en el mundo. Cerca de su mesa, los atropelló bruscamente: - ¿Por qué os atrevéis a predicar tonterías equivocadas en mis tierras? ¡Estaría en mi derecho de azotaros hasta la muerte por llenar la cabeza de la gente con tonterías!

El mayor de los dos clérigos lo miró con recato. Su rostro era anónimo, totalmente cubierto de arrugas. Era muy viejo. Con una segunda mirada, Reinhard corrigió su juicio. Los ojos eran duros y se mantenían firmes, nunca dispuestos a bajar la mirada. Aquellos rasgos eran propios de un guerrero, no de un monje. ¿Pero no tenían la osadía de llamarse soldados de la fe?

- ¿Con quién tengo el honor de hablar? - instó el monje. La desfachatez de este individuo hizo enrojecer al marqués.

- Soy Reinhard de Bretaña, señor de la Marca y de las gentes que la habitan. - El monje no se dejó impresionar por la ostentación de linaje y títulos. Mantuvo una actitud nada reverente.

- Brittannici limitis praefectus... - reflexionó el clérigo, en el lenguaje de los doctos. - Me alegro de haberos conocido, señor. Le conozco por su reputación. Sin embargo, creo que debería moderar sus modales, especialmente en público. La elección de las palabras en un noble debe ser parte integrante de su educación. Este equilibrio también os habría servido en Roncesvalles.

Aquella insolencia colmó la medida. En un movimiento brusco, el marqués desenvainó la espada y la bajó hasta el centro de la mesa, de modo que se hundió hasta la mitad del ancho de la hoja. Los cuencos y los vasos se desparramaron por el suelo, mientras los muebles se curvaban sin romperse del todo. El escolta, cogido desprevenido, se puso en pie de un salto y el siniscalco desenvainó su arma, blandiéndola con las dos manos.

- En el futuro, no te dirijas a mí en esos términos, ¡o se te irá la cabeza! - exclamó Reinhard.

Lo agarraron por detrás, con fuerza, y lo arrastraron lejos de su antagonista. Olindo apenas le había cogido antes de que cruzara la línea de la decencia y se le pasara por la cabeza la idea de matar al monje. El marqués se liberó del agarre con el antebrazo. Giró la cabeza, respirando agitadamente por las fosas nasales, escrutó uno a uno los rostros de los que le rodeaban y, finalmente, retiró el arma de la mesa y la enfundó.

- Te he dicho mi nombre, tú no lo has hecho. Entonces, ¿cómo te llamas? - preguntó en voz baja. El exceso de ira había sido un breve interludio en el vendaval.

- Eberacum, en Northumbria, es mi patria, y hermano Alcuinus mi nombre, desde que entré en la orden -dijo el anciano, revelando por primera vez una inflexión de ultramar de las Islas Británicas en su voz-. - Mi compañero es el hermano Denis.

- Bien, hermano Alcuino. Te pido que abandones esta aldea en este instante, y que abandones mis tierras en el plazo de dos días. Si te cruzas en mi camino después del plazo que te he dado, deberás sufrir las consecuencias.

El ultimátum no surtió efecto.

- Señor, me temo que no puedo irme como me ordena. Mi fe y el propio rey Karius me lo prohíben.

De su bolsa de viaje que permanecía apoyada contra la pata de la mesa, el clérigo sacó un pergamino atado con un fino hilo rojo, cerrado en el vértice por un sello del mismo color. En él estaban grabadas las iniciales del rey.

El monje extendió el documento con decisión. - Siento no haberlo traído a tiempo al comienzo del sermón, pero os lo habría entregado lo antes posible.

Reinhard rompió el sello y entregó el pergamino a Olindo.

- Léelo", le pidió con brusquedad.

Su amigo recorrió con la mirada la escritura latina.

- Es una autorización para predicar en las tierras del reino, expedida por el rey -comentó a continuación-, con el añadido de un salvoconducto especial que permite a los dos monjes un crédito ilimitado, cubierto por las arcas de la corona.

- Como se os acaba de decir, mi presencia en vuestras tierras es legítima -señaló Alcuino.

Con desprecio, el marqués arrebató el pergamino de las manos de Olindo y arrojó de nuevo el escrito al regazo del monje. - Que así sea. Quédate. Pero tened la precaución de no volver a comparecer ante mí o lo lamentaréis.

- Si nuestra presencia os molesta hasta el punto de amenazarnos, obedeceremos vuestras órdenes, señor. - Sonó como una concesión y a Reinhard le gustó poco.

- Haced lo que queráis -dijo-. - Tenéis protección real, la decisión es vuestra.

El marqués no le prestó más atención y contó cinco denarios para pagar la cuenta. El posadero dudó en cogerla. En otras circunstancias y con otros clientes, seguramente habría mordido cada moneda para comprobar su valor en plata. Pero en medio de toda la confusión, no lo hizo, ni contó las monedas, quedándose atónito ante el grabado "Karlux Real" del reverso de la primera moneda. Estaba visiblemente conmocionado.

Reinhard añadió otra moneda como propina, como muestra de agradecimiento por el buen servicio y la paciencia demostrados. Eso bastó para restablecer el buen humor del posadero, que se lo agradeció profusamente en una larga secuencia de palabras de gratitud. El senescal y sus hombres siguieron a su señor fuera del lugar sin pronunciar palabra, conscientes de que evitaban sus conocidas preocupaciones.

Una vez rebasado el límite de la aldea, el marqués abrió la boca. Cuando habló, fue como un río desbordado.

- Algo gordo debía estar pasando, de lo contrario no se explicaba tanta autoridad concedida a un simple penitente. Ya llegaban mensajeros del obispo hasta las murallas de Perre para gritar las disposiciones de las capitulares reales. ¿Qué se supone que debo hacer? ¿Arrodillarme e inclinar la cabeza? ¡Un marqués de los francos jamás se rebajará! - Apretó las piernas y el caballo sacudió la cabeza, despeinando sus crines. - Entonces esta nueva orden monástica de la Penitencial... ¿Dónde está su utilidad? Si no ponemos coto, veremos a esos monjes en cada esquina y nos harán inclinar la cabeza en penitencias públicas, a discreción, tal como predican.

Olindo, que cabalgaba a su derecha, guardó silencio.

El marqués reiteró el punto con la esperanza de escuchar su opinión. - Sé que al rey Karius le interesa mucho no enemistarse con el clero. Quiere rodearse de la corona imperial que perteneció a los grandes de Roma, y sólo el Sucesor de Pedro puede otorgársela, pero predicar sobre demonios de carne y hueso que corren sin ser molestados por mis montañas es demasiado. No hay que dejar que la gente se asuste con patrañas salvajes.

- ¿Y si hay algo de verdad en la predicación? - dijo Olindo, cayendo en la trampa verbal.

Reinhard no tuvo palabras para responder. Se planteó seriamente cuánta verdad podía haber en los sermones de los monjes. Su fe no habría bastado para convencerle. Combinado con lo que había visto con sus propios ojos en aquella talanquera, quizás....

Continuaron su viaje con una exasperante sensación de abatimiento, acompañados por una húmeda aguanieve, que rápidamente se convirtió en una fuerte nevada. Al anochecer, llegaron a la fortaleza del Perre de Chevaler, con sus nuevas murallas. Al pasar por la buhardilla del puente sobre el foso, parecía que los problemas se detenían en la entrada, incapaces de penetrar en el formidable castillo del marqués.

- ¡Por fin en casa!

La exclamación de Olindo fue recibida con expresiones de alivio por parte de los soldados que ansiaban un merecido descanso. Reinhard no se alegró. En su cabeza preparaba un discurso para su esposa. ¿Cómo iba a ocultarle la verdad a Yuma? No podía mentirle. El horror había entrado en su vida y tendría que compartirlo con la persona a la que amaba.

Capítulo 5: Entre escombros y lágrimas

Se abrió un resquicio en su inconsciencia y Javier fue devuelto bruscamente al mundo real por un dolor tan intenso que sólo quería perderse en el cálido abrazo del vacío en el que se había sumido.

Abrió los ojos y fue golpeado por una luz cegadora. Inmediatamente volvió a cerrarlos. El dolor no le había abandonado, pero había disminuido hasta un nivel soportable con el que podía vivir. Intentó abrirlos por segunda vez y vio sombras grisáceas bailando en sus retinas, mezcladas con destellos indistintos, hasta que pudo enfocar lo que le rodeaba.

Delante de su cara había una maraña de vigas y metal retorcido, un obstáculo incómodo para una visión clara.

Reconstruyó con precisión capilar los últimos minutos de su vida: el Tiempo del Viento, Anitha, Martínez, Grant y el huracán... Hubiera apostado mil contra uno a la certeza de su propia muerte. En cambio, el dolor constante le demostró que no era así, a menos que el más allá trajera consigo las mismas condiciones físicas de sufrimiento que el mundo anterior. Habría sido una burla insoportable. Inhaló un aire espeso y polvoriento en sus doloridos pulmones. Entonces sí que estaba vivo.

Se encontró encajonado entre el sofá derecho y lo que quedaba del salón del Tiempo del Viento. Una miríada de astillas de fibra de vidrio y cristal natural, de tamaños que oscilaban entre la cabeza de un alfiler y la hoja de una daga, habían salpicado por todas partes, restos mortales del naufragio. Un cojín del sofá había caído sobre él y había sido atravesado como la diana de un lanzacuchillos. Cuando se lo quitó, descubrió que el barco estaba patas arriba, con la araña principal aún encendida por el generador auxiliar.

Las ventanas laterales habían implosionado, saturando el aire de proyectiles afilados. Desde ellas no se veía más que arena filtrándose en granos por las amplias grietas.

Milagrosamente, Javier no tenía heridas sangrantes. Reflexionó sobre lo ocurrido. No podía explicarlo. Sin embargo, el Tiempo del Viento se había hundido de algún modo.

Pero no estaba solo en el barco. Buscó a Anitha.

Su mala vista y los escombros no le permitieron localizarla inmediatamente.

No muy lejos de él estaba el cadáver de Björn, mientras que de Grant y Martínez no encontró ni rastro. No podía quitarse de la cabeza el cadáver de Seal mientras su carne se evaporaba en un soplo. Que incluso el profesor hubiera muerto así atestiguaba la existencia de un mínimo de justicia en el universo.

Al inspeccionarlo más de cerca, vio a Anitha tendida en decúbito supino, a pocos metros de la posición en que se encontraba antes del desastre. La sangre congelada desfiguraba parte de su rostro y le recordó su pelea con Lysander y las divagaciones de Grant. El desánimo se apoderó de él, pero pasó rápidamente. Más que cualquier papel que Anitha hubiera desempeñado en aquella operación, le importaba que siguiera viva.

- Anitha -la llamó.

Ella no respondió ni se movió.

Intentó llamarla de nuevo, pero se le cortó la respiración. Localizó el dolor en su costado, resultado de un violento golpe. El culpable debía de ser algún borde del sofá.

Sacarse a sí mismo de entre los escombros fue la parte fácil; rescatar a Anitha cruzando lo que quedaba del vestíbulo fue mucho más complejo. Tuvo que avanzar entre cables eléctricos arrancados de sus alojamientos y paneles de mamparo arrugados por la fuerza del huracán.

Para probar su resistencia, apoyó las manos en vigas de soporte apiladas formando caballos frisones, trepó por ellas y al hacerlo se dio cuenta de que parte del suelo había desaparecido. Aquel túnel improvisado ascendía perpendicularmente a los generadores de la estructura del Windtime, pasando por la quilla volcada. Por la abertura se filtraba una luz solar viva y cálida, así como un aire de muy mala calidad, porque estaba mezclado con los vapores de una masa fundida de plástico, fibra de vidrio y metal: El experimento de Martínez se había esfumado.

Cuando llegó a casa de Anitha, se dio cuenta de que tenía la cara hinchada desde los pómulos hasta el labio superior y de que la sangre le salía de un corte profundo en la frente. Le palpó la yugular con inquietud hasta que sintió un débil pulso. Se sintió aliviado.

- ¿Puedes oírme, Anitha? - La sacudió suavemente, sin necesidad.

Si había sufrido graves daños internos, Javier no tenía conocimientos médicos para remediarlo, salvo un poco de formación en primeros auxilios.

- Aguanta", le susurró.

A bordo, los suministros médicos para primeros auxilios estaban almacenados en las dependencias de la tripulación, un piso por debajo de la cubierta de observación. La escalera utilizada anteriormente para descender había sido arrancada de cuajo por una fuerza indescriptible. Se convenció de que la única forma viable de bajar era hacerlo con las manos desnudas.

En su camino se interponía el cadáver del escandinavo. Lo trasladó a un claro un par de metros libre de escombros. El hombre debía de tener una impresionante colección de esqueletos en su armario personal, pero en Cartworth Hill había demostrado que amaba a su hermana y le había sido fiel. Merecía al menos un gesto de compasión tras su muerte.

Javier arrancó una cortina de la ventana principal. El chasquido de la rotura de las anillas que la sujetaban a una barra horizontal le indicó la falta de contratiempo. Su monótono sonido debía de ser demasiado lejano y amortiguado para oírlo. Había sido un naufragio infernal, en la playa que hubiera sido.

Utilizó la tela ligera para cubrir el cuerpo de Aaltonen. Más tarde habría tiempo para un entierro apropiado. Luego, volvió al plan original.

Utilizó una barra perforada, que había pertenecido a la estructura de soporte de la habitación, para deshacerse de los restos de la escalera, que cayeron estruendosamente debajo. Una vez despejado el camino, analizó el descenso. En la oscuridad de la cámara vacía, una luz artificial brillaba unos metros por debajo de él.

- La luz de la plataforma de observación sigue encendida -se anunció. La bondad de la construcción del Windtime le hizo bendecir al equipo de carpinteros que lo había puesto en marcha.

El descenso le costó un poco más de equilibrio.

Deslizándose por la abertura, se asomó, empujándose en el hueco con las piernas, hasta que se aferró sólo con los dedos al borde del pasillo, mientras el resto de su cuerpo quedaba suspendido en el vacío. Antes de que la fuerza de sus manos le abandonara y cayera abajo, se balanceó rítmicamente en un péndulo, y luego se soltó.

Chocó de espaldas contra el centro del techo del puente. Se dio un minuto para recuperarse del vuelo y luego revisó la sala. Al final de la plataforma de observación, en el puente, el cadáver de Lisandro se había enredado en el timón de la rueda, en una macabra representación de un capitán en su barco fantasma.

En el lado opuesto, la salida a la pasarela de popa estaba bloqueada. Intentó empujarla con todas sus fuerzas, sin moverla ni un milímetro. Podía tratarse de alguna roca u otra arena. Mentalmente, se esforzó por representar la disposición de Windtime en la playa. El mundo al revés que tenía delante lo hacía imposible.

Todavía quedaba un pasadizo. Perdió cinco minutos en desatornillar a mano la placa de cierre de la bañera para el cabrestante eléctrico. Quitó la tapa, metió la cabeza dentro y miró hacia arriba. La cadena colgaba sin fuerza, mientras que el ancla se había atascado en la abertura, obstruyéndola. ¡Qué azul estaba el cielo!

Probó la resistencia de aquel improvisado izado con dos tirones firmes y la cadena no dio señales de moverse. También habría aguantado su peso. Tras descender los diez metros que le separaban de la cabina a fuerza de brazos, atravesó de una patada la rejilla divisoria.

Entre las cajas de Aaltonen, poco o nada estaba fuera de lugar, salvo la inversión de perspectiva de arriba abajo. Sintió el impulso de deshacerse de aquello, fuera lo que fuese, para no tener que justificarse ante los salvadores, pero lo reprimió. Ya pensaría en ello más tarde.

Se acercó a la estantería en la que estaba guardado el botiquín y, tras arrancar la membrana plastificada que lo había conservado hasta entonces, rebuscó en él. Sin saber qué llevarse y qué dejar atrás, prefirió llevarse la caja entera.

La subida le costó varias punzadas en el costado y algunas blasfemias.

Al llegar a Anitha, rebuscó entre una cantidad de medicamentos desconocidos. No llegó a sus manos nada de cuya eficacia estuviera seguro. Demasiadas contraindicaciones, demasiadas de sus inseguridades en medicina.

Fue Anitha quien puso de su parte. Al principio hubo un simple movimiento de sus ojos bajo los párpados y ligeras contracciones de los músculos faciales, luego devolvió la mirada de Javier con ojos velados, incapaz aún de distinguir formas y colores.

- ¿Eres tú, Javier? - preguntó en voz baja, vencida por una respiración agitada.

- Sí, estoy aquí. - Le acarició la cabeza por encima de la herida, echándole el pelo hacia atrás.

- ¿Qué ha pasado?

- No lo sé, pero estamos vivos. Eso es lo que cuenta. - Ella lo miró confusa y luego centró su atención en el abismo sobre los generadores.

- ¿Qué ha pasado? - insistió, con poca claridad.

Entonces Javier recordó. Su mente había removido la visión de la mano de Martínez burbujeando metal, sólo para volver a lanzársela a los ojos a traición. Ocultó sus temores tras la aprensión que sentía por ella.

- No pensemos en eso ahora -le dijo.

Anitha apoyó los codos en el suelo e intentó equilibrar el torso, pero le fallaron las fuerzas y resbaló hasta el suelo.

- No deberías cansarte -la regañó Javier con aprensión-. - Primero tenemos que pensar en la herida de tu frente.

Llevándose la mano al nacimiento del pelo, Anitha la retiró como un rayo al sentir el primer pinchazo de dolor.

- Es grave, ¿verdad?

- No", minimizó. - Podría llegar a serlo si yo hiciera de médico.

Él interpretó una leve ondulación de los labios de ella como una sonrisa por el difícil parto, pronto abortado, seguida de unos ojos tristes ante el recuerdo.

- Mi hermano no sobrevivió. - Un llanto silencioso surcó sus mejillas.

Javier pensó en decirle palabras de consuelo que ella no conocía, en hacer cualquier cosa que la distrajera del dolor. Él había estado allí y sabía que no serviría de nada, así que se limitó a abrazarla, dejando que se desahogara.

Cuando hasta las lágrimas se agotaron sin quitarle el dolor, Anitha quiso ver a Björn una vez más.

- Cuando hayamos arreglado el corte. No te moverás de aquí hasta que lo hayáis suturado -fue la categórica respuesta de Javier. - Explícame el procedimiento.

Levantando la nariz, se secó los ojos húmedos en el puño de una blusa con adorable infantilismo.

- 'No te preocupes, no es difícil', le tranquilizó.

- Como si fuera yo quien tuviera que preocuparse...'.

Con atención escolástica, Javier siguió escrupulosamente sus instrucciones. Entre la gran selección de medicamentos, localizó un vial de clorhidrato de lidocaína, extrajo la cantidad correcta en una jeringa desechable y la inyectó por vía subcutánea para la anestesia superficial. La sutura propiamente dicha consistió en una serie de pinchazos y retornos, con intervalos de nudos apretados. A continuación, roció las partes de tejido tratadas con un desinfectante al que Anitha había dado un nombre impronunciable.

El resultado final fue un inquietante zurcido de medio centímetro de ancho, desigual y abultado, cuyos labios exteriores habían adquirido un tono rojizo. Javier era consciente de que el mayor peligro eran las infecciones. En caso de que se manifestaran en las horas siguientes en forma de fiebre, Anitha necesitaría vigilancia médica constante en un hospital de verdad.

Tras la medicación, Javier encontró dos botellas de agua mineral en el mueble bar del salón. Sirvieron para reponer líquidos, conjurando la deshidratación que acechaba con aquel calor, y para lavar la sangre del escandinavo de las manos de Anitha, una operación que supuso una prolongada agonía.

- ¿Dónde está? Quiero verle ya. - exigió. Estaba hipnotizada por el color rosáceo del agua que se deslizaba por la superficie brillante de lo que había sido el techo.

- Tal vez deberías recordarlo tal y como era.

- Quiero verlo. Sin excusas, por favor. - Tenía la voz quebrada, aún al borde de las lágrimas. Javier estaba convencido.

La llevó de la mano, con un apretón consolador, hasta el cadáver. Bajó la cortina, sobre el cuello de Björn, para liberar su rostro y permitirle dar el último adiós. Las facciones del escandinavo estaban relajadas, como nunca lo habían estado en vida, y un ligero livor mortis había iluminado incluso sus mejillas y su frente, ahuyentando la palidez causada por la hemorragia que lo había matado.

- Siempre fue bueno conmigo -le confió Anitha-. - Sabía hacerme reír y consolarme cuando estaba triste. Junto a él, nunca me sentí sola".

Recuperó una pequeña cruz bizantina que su hermano se había atado al cuello con una cuerda doble entrelazada con anillos de coral rojo. Jamás pudo pensar Javier que Björn Aaltonen creyera en nadie más que en sí mismo. Aquella cruz estaba allí para refutar sus creencias.

Lentamente, Anitha se la ató al cuello. - Camina en paz, Björn. Tu camino hacia la paz fue más tortuoso que el de otros, pero llegaste.

Era la sensación de vacío lo que le dolía, Javier la comprendía. De repente la habían apartado de un punto fijo y no podía haber sustituto. Algo diferente, sí. Y ella anhelaba ser él.

Sin embargo, no era el momento ni el lugar, si es que alguna vez habría uno adecuado después de lo ocurrido.

- Descansa un poco, lo necesitas", le aconsejó.

Cubrió a Björn sin más demora, pues Anitha no había dado muestras de querer separarse de él. La cogió suavemente del brazo.
- Vamos, ven.

- Tenemos que salir. O al menos intentarlo. - Ella mantuvo los ojos fijos en la cabeza de su hermano, cubierta por la cortina a la manera de un sudario funerario.

- Veremos cómo hacerlo más tarde, juntos. Intentaremos contactar por radio para avisar a los rescatadores y esperarles fuera. Todo saldrá bien. - Javier apoyó la frase con la mayor convicción de que era capaz.

Le hizo un hueco junto al televisor, que colgaba del mamparo, inseguro. Se deshizo de él arrojándolo contra una ventana. El impacto con la arena, que había detenido su avance, partió el aparato en dos. Los circuitos electrónicos internos se esparcieron como granos derramados desde el fondo de un silo.

- Estaré aquí a tu lado -dijo, tendiéndole un cojín del sofá.

Esperó a que Anitha se acurrucara en aquel capullo protector, rodeada de vigas y trozos de brillante madera de teca. Con la cabeza vacía, Javier fue su atento guardián hasta que se durmió, ayudado por la anestesia local que le administró.

Un pudor irracional le había impedido revelarle el golpe que había sufrido en el naufragio. Ahora que estaba dormida, no podía descuidarse más. Se quitó la camisa y se palpó el costado a ciegas. Se topó con la llaga en el costado izquierdo, entre la tercera y la cuarta costilla. Examinó el hematoma con extrema precaución. El dolor persistía y haber jugado con él escalando y descendiendo libremente no había servido de nada. Aplicó un vendaje de apoyo para comprimir la parte central del torso. En caso de que se equivocara con la fractura, las vendas limitarían los daños.

Después, reanudó su puesto de guardia. En la calma, los pensamientos que antes había mantenido alejados, vinieron en secuencia. Tuvo la impresión de haber sido atrapado en una gigantesca tela de araña hábilmente construida por Aaltonen y Martínez. Le parecía gracioso que cada uno de ellos desconociera las verdaderas intenciones del otro. Se quedó pensando en el sueño agitado de Anitha. Ella no le había preguntado nada sobre su papel, porque ése era uno de los casos en los que ignorar era mejor que saber.

En su deambular con la mirada para encontrar una referencia en la sala que no fuera Anitha y el cadáver de su hermano, tropezó con el descarado destello de dos objetos metálicos. Allí estaban, bajo un fragmento de la losa de la mesa de café, reflejando de vez en cuando los erráticos rayos del sol que se abrían paso desde arriba.

La llave del camarote de la tripulación debía de haber recorrido un largo trecho en el aire para acabar allí. La cogió y se la guardó en el bolsillo. Le sería muy útil. El segundo objeto casi se le escapa de la mano cuando lo coge.

Era la bala que había disparado a Grant. Javier la cogió y, sujetándola entre el índice y el pulgar, la estudió. A simple vista, no tenía ninguna de las típicas marcas de rebote. En presencia del casquillo, cualquiera habría pensado que nunca había visto el cañón de una pistola.

Fue esa inusual situación la que le impulsó a actuar. Decidió abrir por la fuerza la puerta del camarote del capitán para evaluar los daños. Afortunadamente, el portátil de Martínez había permanecido intacto, aunque la batería hacía tiempo que se había agotado. Todo lo demás que había a bordo parecía inútil para alcanzar la salida en el fondo del Windtime. Se dio cuenta de que él solo nunca habría podido salir de aquellos restos. Incluso empezó a especular con que sólo la intervención de los rescatadores podría sacarlos de aquella situación. Pero el rescate tardó más de lo debido.

De vuelta al puente y fuera del Lisandro, se dio cuenta de que no podía haber sido de otra manera. La baliza GPS no se había reactivado tras el primer pulso electromagnético, y en cuanto a la radio de a bordo...

- ¡Vamos, asqueroso cajón! ¡Venga! - la insultó.

Repasó las frecuencias registradas, desde las de emergencia hasta las comerciales, pasando por las líneas dedicadas a la comunicación con las autoridades portuarias. En cada una de ellas le devolvían con infalible persistencia el mismo crujido de ruido blanco. La radio funcionaba, pero no recibía ninguna señal.

Al enésimo intento, el receptor emitió un gemido mecánico y luego nada más. Simultáneamente, las luces se atenuaron y se apagaron. El generador auxiliar había agotado hasta la última gota de fuel.

En la oscuridad, deseó llevar consigo la Walther de su padre.

Encendió la linterna de bolsillo que guardaba de la expedición anterior a los camarotes de la tripulación. El haz de luz cayó sobre la cabeza de Lisandro, reclinado hacia delante, y Javier tuvo que luchar con la culpa. Aunque no había nacido con la predisposición adecuada para matar a sangre fría, como le había explicado Grant, se había adaptado a ella con gran facilidad.

Sopesó la oportunidad de acomodarse también a aquel cuerpo, pero el cansancio acumulado le aconsejó dejarlo pasar. Volvió al salón y recuperó el arma que había acabado bajo el sofá, y luego se permitió una incómoda siesta junto a Anitha.

Cuatro horas más tarde, Anitha estaba sentada sobre el montón informe y ennegrecido por el hollín que habían sido los generadores de caminos paralelos. Pensativa, se frotaba el pulgar hacia delante y hacia atrás justo encima de la sutura. La herida de la frente era menos alarmante después del reposo. Javier acercó los dedos a ella, con la intención de rozarla apenas, pero no se arriesgó.

- Lo siento -le dijo ella, con sincero pesar.

Desconcertado, él replicó: -¿Por qué?

- Por este desastre. Te he involucrado en un disparate sin límites, que ha costado la vida a mi hermano y a otros.

- Tú no me has involucrado en nada. - Era el escandinavo, pero Javier no quería manchar su memoria. - Hay culpables claros. Son Martínez y Grant, y tienen lo que se merecen.

Grant más que el otro, estimó Javier. Había considerado loco al profesor, pero en comparación el Sello se había ganado una mención honorífica en el campo por su locura. Algunos hombres no podían soportar la tensión del combate, otros ya habían sucumbido al horror de un incendio en un buque de guerra. Era la confirmación de su diagnóstico inicial: fragilidad emocional.

- ¿La radio? - le preguntó Anitha, golpeando nerviosamente los generadores.

- Ha desaparecido. Ya no hay combustible para la fuente de alimentación. Por lo poco que oí antes de que se apagara, también podría estar averiada, porque no recibía ninguna señal.

- ¿Serías capaz de repararlo?

- No, Anitha. Ni en un millón de años.

- Entonces estamos en un gran problema.

- Muy posiblemente. Va a ser una larga espera. - Javier dejó el tema. Tenían un mar de preocupaciones y no quería ocuparse de ellas de una sola vez.

- Paciencia", le dijo Anitha de improviso. Señaló la abertura del techo y se ofreció voluntaria: - Échame una mano para subir. Soy más ligera que tú, puedes sostenerme fácilmente.

- ¿Ahora?

- ¿Cuándo si no? No puedo aguantar más tiempo aquí encerrada - los ojos de Anitha no se atrevían a dirigirse hacia donde estaba tumbado Björn.

- Está bien - Javier acudió en su ayuda. - Prepararemos la cabina para no arriesgar más de lo necesario en el intento.

Despejaron como pudieron un espacio perpendicular a la abertura y Javier la alzó sobre sus hombros. Gracias al vendaje, soportó la carga con estoicismo. A pesar de estar herida, se las arregló para pasar fácilmente por encima del corte y llegar a la superficie exterior de la quilla.

- ¿Qué ves? - le preguntó.

Ella abarcó un panorama de trescientos sesenta grados. Mirase donde mirase, siempre encontraba el mismo elemento.

- Ahí está el... - Anitha mantuvo la descripción en suspenso durante unos instantes- ... mundo.

Por mucho que ella hubiera intentado mantenerlo oculto, Javier sintió la larga oleada de miedo que vibraba a través de su declaración. Le tendió la mano para que le ayudara a subir y se quedó junto a ella admirando la desolación.

- Es horrible. - Javier no podía superarlo. - Arena. Interminables extensiones de arena.

Capítulo 6: Arena y secretos

Mirando a cada punto cardinal, nunca vio el mar. La arena que los rodeaba era de un color dorado oscuro, tan opresivo que dejaba sin habla. El Windtime había encallado allí, pero no de un modo compatible con un naufragio. Una suave duna se elevaba desde el suelo hasta la mitad de la altura del barco, estrechándose en la parte superior para crear un tobogán natural que se apoyaba contra el casco. Cualquiera diría que el barco se había precipitado contra ella desde arriba, en ángulo recto.

Y allí estaba el sol, con sus rayos abrasadores. Se cernía sobre ellos, oprimiéndolos con un calor que derretiría el plástico en cuestión de minutos. Colocados sobre la quilla, ambos sudaban de forma anormal. El casco y la duna les habían protegido del calor, sin permitirles notar la diferencia entre aquella temperatura y el clima de sauna finlandesa que había caracterizado el salón durante el experimento de Martínez, mientras que ahí fuera se superaban con creces los cuarenta grados centígrados. Era el mundo, como había dicho Anitha, pero un mundo equivocado de principio a fin.

- Salgamos de aquí antes de que nos dé una insolación -propuso Javier. Se deslizaron sobre la quilla, aprovechando la duna, para refugiarse a la sombra del Viento, en el lado norte.

- ¿Qué hizo Martínez durante el huracán? - Javier aplicó una ligera presión con la mano en el brazo de Anitha. Podía haber ignorado cualquier cosa que le preocupara, pero no lo absurdo. - Ya lo sabe.

Ella se encogió de hombros. - No sé nada. ¡No quiero saber nada!

El incesante temblor de su labio inferior dejaba claro que el miedo había dado paso al pánico.

- Sé sincera, es todo lo que te pido.

Anitha se esforzó por no encontrar su mirada.

- El experimento somos nosotros, Javier. - murmuró, abrumada. - No el yate, que debería haber sido el amplificador, sino nuestras mentes. La tuya, la mía, la de todos. Los supervivientes del Alboardjoux e incluso gran parte de los rescatadores hablaron de... - Le faltaba una palabra adecuada. - No puedo describirlo. Estados disociativos o alucinaciones colectivas, los definían de muchas maneras. Tenía que establecer si tenían un origen físico o psiquiátrico. Esa era la tarea que me había asignado la NSA.

- Trabajas para la NSA -a Javier le invadió una creciente sensación de náusea. - Y Björn... ¡Estúpido marinero idiota! Ni siquiera se lo había imaginado. Dios, ¿qué clase de gente sois?

Retrocedió varios pasos, para encuadrar la improbable escena. Anitha estaba agazapada contra la quilla del Windtime. Se balanceaba rítmicamente de un lado a otro, sujetándose las rodillas con los brazos. Detrás de ella, con el cielo despejado como telón de fondo, había un desierto aparentemente interminable. La mente de Javier se perdía en conjeturas que chocaban una y otra vez contra aquella arena. Nada racional lo justificaba.

Sintió el intenso calor del sol sobre su piel. Perdido, se dijo:

- Háblame de las alucinaciones colectivas que se produjeron en el Alboardjoux. Si fueron como ésta -extendió los brazos al máximo y dio dos vueltas-, son las más realistas que puedes experimentar, garantizado. ¿Me estás escuchando, Anitha? Empiezo a hablar como Martínez y Grant.

Al darse cuenta, sintió escalofríos. Aquello era real.

Se abalanzó sobre el cielo: - ¡Piensa fuera de la caja, eso dijiste! Martínez, ¡que ardas en las llamas del infierno!

Anitha no cesó en su íntimo mantra de oscilaciones y suspiros. En la Hora del Viento, Javier había estado dispuesto a matar por aquella mujer. Con insospechada certeza, ella supo que aún lo estaba.

Se acomodó a medio metro de ella, colocando sus ojos a la altura de los suyos, y del fondo de un baúl lleno de banalidades extrajo una promesa: - Saldremos de ésta. De un modo u otro, nos las arreglaremos.

- ¿Cómo?", le preguntó ella con voz inexpresiva.

- Lo averiguaremos.

Javier se puso una mano sobre los ojos para protegerse de la luz parpadeante del sol. Al norte, sombras nítidas se mezclaban con el resto del paisaje en una teoría de picos de distintas alturas, blancos en la cima, que se extendían a horcajadas sobre el horizonte a varias decenas de kilómetros de distancia.

Se puso en pie de un salto e intentó hacerse el héroe, un papel para el que no tenía aptitudes reales: - Debemos dirigirnos a las montañas si no queremos morir aquí.

Ante la decisión tomada con autoridad, Anitha pareció reanimarse. Sin embargo, medir a ojo la distancia hasta las montañas fue un golpe. - Las laderas de la cordillera parecían lejanas.

- Estamos en una alucinación -dijo Javier con frialdad-. - Os diré cómo combatirla. Pongámonos una meta, porque no podemos quedarnos sentados esperando a que termine. Y si no es una alucinación... sería imprescindible movernos. Nunca sobreviviremos en un desierto esperando que nos rescaten. Para contactarlos, con el GPS muerto, necesitaríamos radios de onda larga, que no tenemos. Y la sed nos matará antes que el hambre. Está decidido: a las montañas.

- A las montañas -le repitió ella, con menos convicción-.

- Sí, llegaremos. - Javier la ayudó a ponerse en pie. Le tocó la blusa. - Hay ropa limpia a bordo. Te la traeré para que puedas asearte.

Encantada, Anitha se quedó mirando las manchas de sangre de Björn esparcidas aleatoriamente por la tela. Le dio un ataque de impaciencia y trató airadamente de arrancárselas.

- ¿Cómo he podido dejármelo puesto sin darme cuenta?

- No tiene importancia -la contuvo Javier-. - No te has dado cuenta y eso es bueno.

El reproche en sus ojos le convenció de que todo era importante. Aún le quedaba mucho por aprender antes de descubrir a la verdadera Anitha. Esa fue la primera lección que recibió allí.

Había más cosas pendientes en la cabina de la tripulación y también era importante ahora.

A medida que llegaban las horas centrales del día, la sombra proyectada por los objetos golpeados por el sol se hacía corta, como una diminuta pincelada de negro sobre el lienzo de un gigante. Javier había recuperado para Anitha una falda vaquera de Levi's y una camiseta azul de manga larga con el Orgullo Sudista escrito en la parte delantera. La necesidad de tener la mayor superficie del cuerpo protegida de aquel sol flagelante fue la segunda lección aprendida en poco tiempo.

Javier tardó veinte minutos en erradicar una plancha de aluminio del lateral del mirador Windtime, que ahora adquiriría el aspecto de una ruina abandonada en un mar de arena.

Dobló cada uno de los lados cortos de la chapa, rizándolos con trazos decididos para introducir en el centro una cuerda de amarre. Obtuvo así un trineo para el desierto, de aspecto abominable, pero muy funcional. Lo probó deslizándolo desde la parte superior de la quilla por la ladera de la duna. Se deslizaba de forma lineal. No habría sido ningún problema arrastrarlo hasta donde sus fuerzas le permitieran.

- ¿Y la carga? - preguntó Anitha. Había recuperado una apariencia de equilibrio, aunque Javier aún podía ver la agitación bajo esa apariencia.

- Piensa en la comida y, sobre todo, en los suministros médicos. La verdad es que no sabría dónde meter las manos entre esas cajas. Yo me encargo del resto.

- Para mi hermano me gustaría...

Javier la paró en seco. - Nos ocuparemos de él antes de partir. Será un entierro digno del hombre que fue.

El doble sentido de la frase tapaba la pena que quería infundirle. La ambigüedad del escandinavo le influía incluso en la muerte.

En cualquier caso, Anitha aceptó su propuesta, omitiendo cualquier discusión. Permaneció a la sombra, revisando uno a uno los frascos y cajas de medicamentos que Javier había traído a bordo. Se ocupó del "resto", guardado en las cajas de Björn Aaltonen.

La llave con la que había cerrado la puerta del camarote se había puesto al rojo vivo por el simple hecho de guardarla en el bolsillo. La introdujo en la cerradura y la giró en sentido contrario a las agujas del reloj.

En cuanto estuvo dentro, dio la vuelta a la caja que había cargado con Lisandro y Grant. En el equipo de a bordo no encontró nada parecido a una palanca, sólo un cuchillo de pesca afilado. Tuvo que hacer de la necesidad virtud. Con la palma abierta, con dos golpes bien dados, deslizó la hoja bajo la tapa, en la unión con el cuerpo de la caja. Al girar el mango, la madera gimió y unas cuantas astillas salieron disparadas al aire, hasta que el cuidadoso clavado cedió.

La alternancia de líneas curvas y rectas de los fusiles M16A2 guardados en el maletín no le chocó en absoluto. "Rifles Colt de buen padre", los habría llamado el viejo comandante Herbert. Sin embargo, su número y los chalecos antibalas reforzados con Kevlar almacenados bajo una tienda de campaña le sobresaltaron. Había tres de cada, además de un suministro suficiente de cartuchos para una unidad táctica formada por el mismo número de hombres.

A toda prisa, abrió más cajas. La madera gimió con más fuerza y crujió, pero en su interior no había más que pesas de plomo cubiertas de paja.

No era ninguna broma, sobre todo la de Björn. Durante las misiones, su sentido del humor estaba más ausente que su humanidad. Javier volvió a la caja inicial y empezó a buscar debajo de los chalecos, rascando con los dedos las inserciones de acero ocultas entre las fibras de kevlar. En el fondo encontró cuatro paquetes rectangulares, envueltos en celofán y marcados con etiquetas adhesivas escritas a mano. En cada etiqueta estaba escrito: "una libra y cuarto". Rompió el celofán coloreado y se encontró con la cara anónima del explosivo C-4 en su característico color blanco cremoso.

- ¡Por el amor de Dios!

Cinco libras de C-4 bastaban para hundir el Windtime y añadir otra buena dosis de destrucción. Al parecer, Lisandro no le había contado toda la historia mientras se preparaba para enviarlo a su creador. Martínez había sido definitivamente el primer objetivo, sin embargo los SEAL habían mantenido un plan de reserva por si surgía algún imprevisto. Era una solución típica de la Marina. Siempre era mejor andar con cinturón y tirantes, por si te topabas con lo imposible y te pillaban con los pantalones bajados.

Javier se deshizo del cuchillo de pesca, abandonándolo en el arcón con las armas, y se perdió en la contemplación del desierto durante muchos minutos. Sólo un imprevisto de magnitud catastrófica habría obligado al escandinavo a poner en peligro a Anitha, la única persona que le importaba. Consideró irónico haber tropezado con una familia con más secretos que la suya.

- ¿Sabemos dónde estamos? - exclamó Anitha, desde la borda.

- No. Sin instrumentación no podré rastrear la posición. No durante el día. Esta noche, si el cielo está despejado, confiaré en las estrellas para hacerme una idea.

- Así que ... esta noche. - Anitha aceptó el aplazamiento. - He terminado con los suministros y medicinas.

- Dame cinco minutos más y estaré allí.

- Entonces, ¿me ayudarás con el entierro de mi hermano? - continuó.

Al conocer una nueva parte de la verdad sobre Björn, Javier se sintió avergonzado, como si de niño su madre hubiera entrado en su habitación y lo hubiera descubierto contemplando un ejemplar de Playboy abierto por la página central. Fue grosero al ocultarlo: - Le he pedido cinco minutos. Ahora puede esperarlos.

Anitha bajó la mirada y volvió a centrarse en la carga del trineo. Se había rendido. Demasiado, pensó Javier.

Para recuperarse, suavizó su respuesta: - Sólo cinco minutos, no más. Los necesito para despejarme.

- Lo necesitas mucho -comentó Anitha, picara.

No le prestó más atención y volvió a inventar paquetes de distintos tamaños y colores.

Cada persona tiene su manera de despejarse. Javier, además de tener que serenarse, necesitaba calmarse. No le gustaba nada, pero aún llevaba a bordo un eficaz calmante, obtenido como pago en especie por un envío anterior de Aaltonen. Lo guardaba bajo el colchón.

Se deshizo de sábanas y mantas cuidadosamente dispuestas a la manera militar, sin pliegues, con solapas a cinco pulgadas de la almohada. El colchón de su litera, privado de aquel débil soporte, cayó al fondo, seguido del paquete comprimido de Allende Golden de tinte bruñido.

Bajo su mano no encontró nada que pudiera utilizar para fumarlo. No desistió. Volvió a subir al puente de mando, recuperó el dinero olvidado de la caja fuerte y, finalmente, instalándose de nuevo abajo, enrolló la marihuana en un billete de veinte, arrojando el resto del efectivo en un cajón vacío. El destino quiso que Lisandro llevara un mechero chapado en oro con las iniciales H. L. senior. Pinchar a un muerto y arrebatarle sus recuerdos familiares no subió la autoestima de Javier. Sin embargo, mereció la pena.

El porro le relajó instantáneamente y su costado por fin le dio tregua. Incluso guardó el mechero, pues el dueño ya no lo necesitaría.

Fumar solo le perturbaba. Hubiera necesitado compañía.

- ¿Qué es eso? - preguntó Anitha, que había venido a cumplir sus deseos.

- La solución a los males del mundo. No los borra, pero los colorea de rosa. ¿Quieres un poco? - Levantó un segundo billete y el paquete de hierba.

- Date prisa en prepararlo.

Javier tardó menos que en preparar una tostada en entregar el segundo porro. El humo acre de la mezcla de marihuana y tintes sintéticos de los dólares se coló en la cabina. Lo exhalaban por la boca y lo inhalaban por las fosas nasales, cíclicamente, en una especie de fiesta hascisc para parejas.

- Voy a llevarme el portátil de Martínez. No ha sufrido ni un rasguño y podría sernos útil -dijo de pronto Javier.

- ¿Para hacer qué?

- Como moneda de cambio. La NSA está implicada, además de al menos cuatro muertos. Al final de esta historia, no me gustaría ser el quinto. - Se volvió hacia ella, con ojos acusadores.

- Nunca podría hacerte daño", esbozó Anitha. - No puedes creerlo, no de verdad. - Viéndole indeciso, ella postuló: - Sólo soy un médico.

- Ya no estoy seguro de nada -se defendió, mientras apagaba el porro consumido en dos terceras partes sobre el colchón-. - Estoy buscando una respuesta sobre la muerte de mi padre y cada vez que creo que por fin me estoy acercando a la verdad, ocurre algo que baraja las cartas y me despista de nuevo.

- Eres tan... valiente. - Javier hizo una mueca cómica, desconcertado por aquella afirmación, así que ella se encargó de aclararlo: - Tomas decisiones sensatas, sopesas los pros y los contras de tus actos, sin importarte que aquí fuera haya un desierto en lugar del mar.

- ¿Yo, valiente? No lo creo. Guardé un paquete de marihuana bajo el colchón durante meses sólo porque me habían inculcado que estaba mal fumarla. Sin embargo, ayudé a transportar no sé cuántos quintales.

Miró a su alrededor, buscando algo. Lo vio en un baúl volcado, que había acabado entre la litera y las cajas. La colocó con la abertura hacia arriba y rebuscó en ella. De ella sacó dos gorras con el simpático maJaviere acuático de los Miami Dolphins. Sobre la visera de cada una corría un autógrafo hecho con un grueso trazo de rotulador negro.

- El miedo se esconde -comenzó a explicar Javier-. - De niño me encantaba el fútbol americano y Dan Marino era mi ídolo. Era una persona con un físico normal que podía realizar proezas extraordinarias en el terreno de juego. Hubiera dado cualquier cosa por un autógrafo suyo. Un verano, cuando acababa de cumplir ocho años, mi padre me llevó al campo de entrenamiento de los Dolphins. Aquel día llovía tanto que te arañaba la piel del cuerpo y nos dijeron que Marino no saldría a recibir a los aficionados. Él también tenía una familia que atender .... - Fijó los ojos en el simpático delfín estampado en su gorra. - Me quedé allí, bajo el agua, asustado como un polluelo por los truenos y el viento, esperando a que saliera durante cuatro horas, con mi padre sentado en el capó de nuestro coche, sin preocuparse en absoluto por la lluvia, porque quería darme una lección que nunca he olvidado. No importaba que lo consiguiera, sino que lo intentara, que dominara el miedo, rompiéndome en el intento en lugar de doblegarme ante la derrota. Y por fin llegó Marino.

Le tendió una gorra, queriendo que participara en una investidura que la muchacha no entendía. Con gesto perezoso, Anitha se lo colocó en la cabeza, y luego le susurró: - No somos niños y mi miedo no lo oculta este gorro.

También se deshizo de la marihuana, que voló a la caja con el dinero. Anitha tendría más cosas que contarle, él lo notaba en el nervioso parpadeo de sus párpados y el insistente roce de una mano en su brazo. Aún tenía secretos.

Era la llamada lo que le impedía deshacerse de ellos. Llegó de la nada, en la distancia, e irrumpió en la cabina con la velocidad de una explosión.

Potente. Hipnótica. Inhumano.

Qué más pudiera describir aquel sonido poco le importaba a Javier, porque sus vibraciones se habían metido en sus huesos y los hacían temblar hasta la médula, con un terror igual al de un niño que se enfrenta a los crujidos ocultos en la oscuridad bajo su cama. Junto con Anitha salió corriendo al exterior.

Javier rezó para que fuera el efecto de algún alucinógeno con el que se había impregnado la hierba en el curso de su elaboración. Una alucinación dentro de otra alucinación. Se habría reído, de no haber estado en medio de ella.

En cambio, desde el sur el verso se elevó tan alto como antes y lo que siguió fue estremecedor. Una serie de respuestas moduladas, igual de distantes y no menos animales en su propuesta.

- Vámonos ya", decidió Javier. En su cabeza se había disparado una advertencia a la que debía hacer caso, estaban en peligro inmediato.

Arrastró a Anitha con él y le puso un M16 en la mano. - Será mejor que no me preguntes por qué llevo estas armas a bordo -le advirtió- . - ¿Sabes utilizarlo?

La chica agarró el fusil justo por debajo del sensible gatillo, en la culata, y en medio del cañón, sintiendo todo su peso. - Sí.

Javier nunca lo había dudado. También le entregó un chaleco de kevlar y la ayudó a ponérselo. Cogió uno para él, y luego se equipó con un M16 provisto de un lanzagranadas. Era el arma destinada al jefe del equipo. Utilizarla equivalía a un ascenso en el campo, porque podía proteger a Anitha en lugar de a Björn.

Tomó posesión de lo que podía sostener en sus brazos: tienda de campaña, munición, otros suministros militares. Metió el portátil en una mochila, agarrado a la mochila de Allende Golden y al C-4.

Cargando el trineo hasta el límite, probó la cuerda de remolque. La sintió afilada contra su pecho, a pesar del Kevlar. Por ello, se arremangó dos camisas para suavizarla. Dos tiendas en el pasillo central le vinieron bien para cubrir y sujetar la carga. - Ya estamos listos, en marcha.

Anitha no dio un paso. Permaneció de pie con el rifle en la mano, incapaz de ocultar su fragilidad.

- Así es, aún nos queda una tarea -se recordó Javier.

La idea se le ocurrió al observar la bocanada de humo que escapaba de la cabina de la tripulación. El porro de Anitha debía de tenerlo fácil contra la paja y los dólares del cajón.

- Espera aquí", le dijo.

Con su cuchillo de pesca cortó uno de los panes de C-4 en trozos pequeños, tras lo cual los colocó junto al fuego que ya estaba trabajando las cajas. El explosivo ardió tranquilamente, aprovechando su propia combustión lenta en ausencia de un detonador. Las llamas crecieron hasta alcanzar altura humana y se hicieron dueñas de la habitación. No quedaba nada más por hacer. Se lo explicó a Anitha:

- No quiero quedarme aquí y averiguar qué viene del desierto.

Ella no protestó. Había adivinado sus intenciones. Se colgó el M16 al hombro y le ayudó a empujar el trineo por una duna.

En la cima, Javier se detuvo para recuperar el aliento. Estaba en buena forma y podría llevar las provisiones, pero habría que sudar.

Frente a ellos, el fuego estaba en su apogeo. Había atacado la estructura del Tiempo del Viento y la devoraba vorazmente.

Se dejó fascinar por las sacudidas y repentinas desviaciones de las llamas. Era magnífico. Compartió esa sensación de extático bienestar con Anitha: - Lisandro y Björn amaban el mar. Se merecían este funeral vikingo.

Con la mano abierta, Anitha se ajustó la visera de la gorra de los Delfines. Aprovechó el movimiento para ocultar sus ojos humedecidos por las lágrimas.

Con un poco de suerte, reflexionó Javier, ella había creído la historia que él le había contado. Siempre funcionaba, en los momentos difíciles. Bastaba con omitir el hecho de que la lección de su padre le había mantenido en cama con neumonía durante un mes y que aquel había sido el punto de ruptura del matrimonio de sus padres. Mentirse a uno mismo para dominar el miedo, esa había sido la lección que había recibido.

Le sonrió, mezclando comprensión y empatía, y ella le devolvió la sonrisa.

La lucha contra las amenazas del desierto, es decir, el calor, la arena, la pérdida de líquidos, fue dura de inmediato.

Un paso tras otro, los trineos se cargaban también del ácido láctico que se iba depositando inexorablemente en los músculos de Javier. En definitiva, aquella expedición empezó a parecerse a una huida desesperada, lejos de lo que tenían pisándoles los talones.

A pesar de la impresión de solidez que ofrecían las dunas, la impalpable arena del desierto penetraba por todas las aberturas de sus ropas y se depositaba insidiosamente en los recovecos más ocultos, rozando y enrojeciendo, cortando y enfureciendo.

El enemigo más mortal de todos, el agotamiento, apareció al atardecer. Después de tres largas horas de marcha, Javier se rindió.

- No puedo más. Tengo que parar", soltó, deteniendo su marcha y posándose sobre su trasero, en un cojín de polvo. Anitha, incansable, continuó la marcha. - ¿Me oyes? ¡Voy a parar!

Había adoptado un tono quejumbroso y no se avergonzaba de ello. Era como si tuviera fuego entre las piernas. Dedujo que el interior de sus muslos se había inflamado por el roce entre su piel y los pantalones, y transmitía calor además del ambiental. Además, había bebido demasiado al despertarse y ahora sentía que le reventaba la vejiga.

Teniendo en cuenta que había perdido la autoestima y la dignidad pieza a pieza en el desierto, se liberó dándole la espalda a la chica. Cerró los ojos y aspiró largas bocanadas de satisfacción mientras orinaba. Sin embargo, hasta el aire de sus pulmones ardía.

- Ya se me pasará", se consoló. Hablar consigo mismo se había convertido en un hábito.

Buscó a Anitha y la vio continuando su travesía en solitario. Había ganado quinientos metros.

- ¡Anitha! ¡Vuelve!

Ella no dio señales de entender.

Cuando ya estaba convencido de que le abandonaba donde se había detenido, Anitha dio marcha atrás y le alcanzó, despacio. Sus pies, laboriosamente arrastrados, marcaban la arena con surcos irregulares, similares a la huella de una serpiente de cascabel.

- Acamparemos esta noche. Es más seguro", le dijo, decidido. Se le daba mejor mentir. - No podemos continuar en la oscuridad, así que es mejor parar y montar la tienda.

Descargó del trineo el pesado fardo de fibra que contenía el armazón de la tienda.

- Como quieras", le dijo ella.

Tenía el pelo desgreñado y enmarañado por el sudor y la arena. La misma herida de su frente estaba amenazada por la suciedad de aquella insidiosa mezcla. En un día había cambiado, incluso por dentro, y no para mejor. Javier quiso involucrarla:

- Échame una mano, por favor. No puedo desengancharlo.

Levantó la correa que tensaba la envoltura de la cortina. Estaba ajustada a la hebilla metálica con un doble lazo. No se necesitaba fuerza para ello, sino dedos pequeños y ágiles. Los de Anitha.

- Ya voy.

El montaje de la tienda terminó aplicando una ligera presión a las varillas de soporte. Temblaban, al borde de un ruinoso derrumbe, por el mínimo punto de apoyo que tenían en el suelo; sin embargo, se mantenían en pie, contra todo pronóstico. La necesidad de refugio se hizo sentir de inmediato, junto con el frío creciente.

Al anochecer, el tiempo había cambiado bruscamente, bajando la temperatura al punto de congelación. Como medida de protección, Javier instaló una red de sensores de movimiento alrededor de su refugio, en un perímetro defensivo. Los artilugios parecían crías de tortuga recién salidas del caparazón, desgarbadas y redondeadas. Los había encontrado en una "caja de juguetes" escandinava y tuvo que reconocer que el hombre tenía un sentido innato para las precauciones. Una vez terminado su trabajo, entró fríamente en la tienda.

Anitha le esperaba sentada sobre su chaqueta de kevlar. Él la imitó. La luz de la linterna de bolsillo iluminaba la habitación.

Tenían que meterse algo en el estómago.

La atención de Javier se posó en una bolsa de arroz instantáneo Uncle Ben's. La pajarita siempre arreglada, el pelo blanco como la nieve y esa sonrisa de plena satisfacción del Tío Ben reproducida en el envase siempre le habían incitado a comer. Y entonces un eslogan rezaba "Nuevo y mejorado. Sabor y presentación perfectos". Quién sabe si habría conservado esas cualidades si se hubiera probado crudo. La mejor fuente de combustible de que disponían solía utilizarse como explosivo de demolición y él no la habría desperdiciado, en un desierto, en una comida caliente.

Añadió una buena cantidad de agua mineral al arroz, lo mezcló directamente en la bolsa y tragó dos cucharadas de las espesas gachas. Pasable.

Anitha le observó en sus actividades culinarias.

- Prueba un poco. Es excelente", la sedujo Javier. Hizo girar la cuchara en su boca para eliminar los restos de arroz que quedaban y resaltar la bondad del preparado.

- No querrás que me lo coma -el asco contrajo la piel de sus mejillas-.

- En el peor de los casos, no podrás olvidar el sabor. - Le tendió una segunda cuchara limpia.

- No tengo hambre. Sólo quiero dormir.

- Tenemos que comer o estaremos demasiado débiles para llegar a las montañas. No armes jaleo, traga.

Le dio un plato de plástico con la mitad del arroz. Ella no cambió de opinión. Entonces Javier le ofreció la cuchara por segunda vez. Resentida, Anitha se la arrebató de la mano y, sin ningún entusiasmo, la utilizó para sacar porciones tan pequeñas que harían glotona a una pulga.

- Creo que deberíamos dejar de hacernos ilusiones", le dijo a media comida.

- Tosió... - Javier tragó con dificultad un bocado que la masticación había compactado en un ladrillo de proteínas. - ¿Pero qué dices?

- Aquí nada es real. ¿Por qué tenemos que prolongar nuestra agonía? Acabemos de una vez, aquí y ahora, por lo que a mí respecta. - Anitha rebuscó en el paquete de medicamentos que había catalogado diligentemente por función y enfermedad. Sacó dos cajas con rayas azules paralelas en la superficie. - Son ansiolíticos. Los reducimos a polvo, los mezclamos con agua y nos acomodamos para esperar a que la sobredosis haga efecto en el sistema respiratorio.

No le miró a la cara mientras decía esto. Apretó los dedos alrededor de la primera caja, como si quisiera consolarse. Hablaba en serio.

Javier se levantó, arqueando la espalda para no tocar la cortina, que estaba demasiado baja. Le apuntó con la cuchara en una torpe amenaza.

- Guárdalas y no vuelvas a hablarme de esto. No puedo oírte hablar así. He llegado a conocerte, he visto tu dulzura y tu terquedad. Lo pasamos bien juntos en Ladyville. Y pude decírtelo. - Su "te quiero" fue silenciado por la réplica de Anitha.

- ¡En Ladyville quería divertirme! - estalló, abandonando los ansiolíticos en el suelo. - Unos cuantos polvos para pasar el rato. ¿Nunca sentiste la necesidad?

- No te creo.

- Es verdad. No has sido más que un pasatiempo. - Su discurso se volvió estridente, contrarrestando la veracidad de sus afirmaciones. Entonces Anitha cambió su punto de ataque: - Te he mentido desde el primer día. Ni siquiera ahora te he dicho la verdad sobre este lugar. Eres un tonto si crees que Ladyville significaba algo para mí, para nosotros dos....

Javier la golpeó en la cara con la mano abierta en una bofetada liberadora.

- '¡No me hables de suicidio! - insinuó. - La muerte de tu hermano fue una tragedia y comprendo tu dolor. Pero no estoy preparado para una despedida. - Le quitó las medicinas y las apretó con tal fuerza que corrió el riesgo de aplastar cartones, plásticos y pastillas. - Sobreviviremos, puedo garantizártelo. Nos salvaremos. Y si no, encontraremos la manera de seguir vivos. No te matarás, no mientras yo viva.

Había gritado su ira con excesiva furia, vertiéndola toda sobre Anitha y su depresión. Al fin y al cabo, de eso se trataba. La vio ceder de inmediato, con el rostro perdido entre las manos, en un acto de protección y rechazo. No pudo soportar verlo. Javier salió de la tienda con la cabeza gacha, caminando enérgicamente sobre la arena, decidido a deshacerse del veneno.

Un torbellino de pensamientos le invadió. Nunca le había levantado la mano a una mujer, y con ella había sido tan fácil. Ella le había herido intencionadamente, varias veces con unas pocas palabras. Y él había respondido con el mismo dolor, pero en forma de violencia física. Sintió un odio sin límites hacia sí mismo, que se transformó en un profundo sentimiento de compasión. ¿Habría confundido la pasión con el amor hacia ella? No, sus palabras no eran ciertas, supuso. Deseó fervientemente que no lo fueran.

Se sintió patético.

Pasó el perímetro de seguridad y continuó adentrándose en el desierto. Subió penosamente por la ladera de una duna y, calculando la trayectoria para lanzar los ansiolíticos lejos, alzó mecánicamente los ojos al cielo.

La visión le penetró, violenta.

Paralizado por la incongruencia de lo que miraba, permaneció inmóvil con la nariz en el aire. Permaneció en la duna durante un minuto o una hora, sin hacer caso, y luego corrió hacia la tienda. Anitha no se había movido. La agarró por el codo, con fuerza constrictora. Ella se resistió.

- ¡Muévete, esto es importante! ¡Tienes que ver! - gritó Javier, con la mirada perdida de un cordero alejado del rebaño.

Anitha retrocedió hacia la tienda y se preparó para parar un golpe. Se dio cuenta de que no la convencería para que le siguiera, así que tiró de ella con brusquedad y, al no conseguir convencerla, le retorció la muñeca, obligándola a levantarse. La condujo hasta la entrada de la tienda y señaló un punto indefinido en el cielo.

- Mira.

Ella parpadeó con los ojos enrojecidos y miró.

Las estrellas se desprendían una a una de la bóveda celeste y caían en picado hacia el desierto como si una costurera enfurecida hubiera arrancado brillantes lentejuelas de un vestido de noche. En la caída no se creó ninguna cola de luz, lo que indicaría que eran meteoritos que se disolvían en la atmósfera, ni se produjeron explosiones cuando deberían haber impactado contra el suelo a lo lejos. Las estrellas simplemente eran engullidas por la oscuridad, con una regularidad impresionante. Las constelaciones, los cúmulos, los gigantes luminosos individuales que habían adornado cada noche desaparecían.

La última luz agonizó en un instante. Entonces el cielo nocturno se convirtió en una extensión vacía, negra como un trozo de carbón, tan plana como un mar en calma. No se veía ni una estrella, en ninguna dirección. Ni una nube que las ocultara. Por encima de las dunas se alzaba una gran luna, llena y brillante, burlándose de ellos con su soledad.

- Por el amor de Dios -gimió Anitha-.

- ¿Era eso lo que no me habías dicho?

- No, no... ¿Dónde hemos ido a parar?

Hubo una frase de la que Javier oyó el eco en su mente, como si Martínez la hubiera pronunciado en ese instante. Fue instintivo repetirla: - Es el Umbral, donde lo que es y lo que pudo haber sido son reales.

Compartieron el terror causado por un inconcebible cielo sin estrellas que los dominaba y quería abrumarlos.

Él la estrechó entre sus brazos, en un contacto con el que deseaba transmitirle su calor. Ella estaba tan alterada como él, y la tienda no le proporcionaba ningún alivio.

Capítulo 7: Sombras sobre Aquisgrán

Olindo llevaba diez días en la carretera. Sólo había dormido unas horas por noche, cambiando constantemente de montura y reanudando la marcha antes del amanecer. Actualmente cabalga por las vastas llanuras del noreste del reino, a pocas leguas de la capital, Aquisgrán. Su caballo jadeaba bajo él, galopando al límite de su resistencia, con la brillante piel cubierta por la espuma del sudor. El jinete había partido sin escolta, por orden de Reinhard, cuando el presagio se había cumplido.

Las palabras grabadas en el torso de Irminsul se habían manifestado en el Gēsten Naht; la oscuridad había envuelto el mundo, oscureciendo las estrellas y anunciando la inminente desaparición del sol. Había sido terrible presenciarlo. El cielo se había oscurecido y la luna permanecía como un doloroso recordatorio de lo que se había perdido. El vacío, insaciable, avanzaba inexorable, persiguiéndole en su carrera desesperada hacia Aquisgrán y engullendo las estrellas tras de sí cada noche.

El Apocalipsis.

Aquel acontecimiento aniquilaba la razón, cualquiera que fuese el lenguaje utilizado para nombrarlo. El pensamiento le atravesó el corazón a Olindo. Espoleó aún más al caballo.

- ¡Más rápido, más rápido! - El ruido sordo de los cascos sobre el camino repelió el silencio de la noche.

No quedaba duda, las profecías de las Escrituras se estaban haciendo realidad. Por lo tanto, los Wranthas también eran realidad, ya fueran demonios cristianos o espíritus sajones. Reinhard lo había enviado a la corte con un mensaje especial para el rey, informando de la urgencia de organizar una defensa común entre los vasallos contra un enemigo desconocido. La región de las

Marcas podía ser el lugar donde su poderoso mazo golpeara primero, y debía ser apoyado por la fuerza de los señores feudales unidos.

Debían reunirse como en los campos primaverales, aunque sin forraje para los caballos. Y la tarea de reunir las fuerzas le había sido confiada a él, Olindo.

- Porque tenemos la misma fe en la Iglesia", le había dicho el marqués, "y tú entiendes lo que eso significa".

Con claridad cristalina, Olindo había interpretado la verdadera voluntad de Reinhard al darle la orden: que el clero, especialmente los penitencialistas, se mantuvieran al margen de este asunto.

Durante las noches pasadas a la intemperie, el caballero se había sentido perdido. Los persistentes cielos nublados habían ocultado la vacía oscuridad de la noche, frenando la propagación de la alarma fuera de la Marcha, pero él sentía que las estrellas estaban muertas. Mil canciones y poemas habían descrito la belleza de aquellas brillantes gemas que habían sido eternas testigos de amores y odios. Con su desaparición, cayeron también en el olvido las vidas de quienes las habían admirado en el pasado.

De día, las calles del reino estaban pobladas por una masa de campesinos que huían hacia la capital y las ciudades de la costa norte. Rostros cansados de hombres, mujeres y niños arrastraban, en carros decrépitos, las posesiones de las que no habían tenido el valor de desprenderse: mesas talladas a mano, algunos trajes de fiesta, un par de zuecos de abeto, pero sobre todo sacos de grano, la mayor mercancía durante el éxodo. Entre los fugitivos, los curas rurales eran los que tenían los pies más rápidos.

Tras otro denso bosque del que estaba sembrada la llanura, la capital se abrió a la vista de Olindo. Se detuvo a admirarla en una colina, a la sombra de un molino de agua, cuya rueda estaba inmóvil, triste recuerdo de una riqueza que tal vez había desaparecido para siempre.

El pueblo había cambiado mucho desde los días en que él había vivido allí de niño. No había murallas que lo defendieran, ya que el pecho de los vasallos del rey lo habría protegido con mayor eficacia. En el punto de cruce entre el campo abierto y las primeras viviendas se habían instalado puestos de control custodiados por pedones armados.

Por aquellos puestos provisionales pasaban majestuosos caminos de intenso tráfico, los únicos en los dominios de los francos que habían sido pavimentados, durante siglos, por los antiguos habitantes de Roma que los habían recorrido, precedidos por las insignias de sus legiones. Las calles de Aquisgrán eran el orgullo imperecedero del reino, por su cuidada construcción y por las piedras del tejado que las conservaban en su esplendor original. Olindo desterró de su mente la visión de aquellas mismas calles pisoteadas por ejércitos enemigos, de aquella ciudad pasada a cuchillo por el Mal que sabía en marcha.

Su destino era discernible desde aquella distancia. El palacio real, con sus amplios ajimeces, se alzaba a la derecha de la ciudad, aislado en los barrios administrativos, centro del poder supremo del Estado.

El edificio estaba precedido por un vasto patio delantero que convergía en una gran puerta que impedía el acceso a los patios interiores. A un lado estaba la estructura achaparrada que contenía la Sala del Trono, y al otro, más alta en lo alto, se alzaba la magnificencia de la Capilla, en una inmensa obra en la que los obreros llevaban años trabajando para hacer eterna la gloria del rey Karius y del Padre celestial que lo había colocado en el trono. Detrás, casi oculto, el pórtico de los baños replicaba idénticamente a cada lado del edificio que albergaba las aguas termales por las que la ciudad era famosa antes de que el rey estableciera allí su hogar. Un puñado de cortesanos vivía en aquel complejo y nadie que no lo fuera podía obtener audiencia con el soberano.

El rey se había vuelto tímido, solitario e incluso religioso. Del joven impenitente que los nobles francos cuidaban, en la medida de lo posible sin ofender, de mantener alejado de sus esposas e hijas, no quedaba rastro en la vejez anticipada del soberano. Se decía que asistía a tres misas diarias de penitencia, después de las normales laudes matutinae, y que hacía alarde de su fe incluso delante de sus sirvientes. Habiendo dejado de lado la adulación en favor del sarcasmo, el pueblo le había despojado del sobrenombre de "el Grande" y había acabado llamándole Karius el Santo. El soberano no había hecho caso de la diferencia, sinceramente agradecido por el apelativo, y había permanecido en su ciudadela que le separaba de la realidad.

- Del rey Karius, por el camino alto", se dijo Olindo, con un rastro de inmotivada aprensión, mientras reanudaba su camino.

Las carreteras que conducían a la ciudad desde el sur estaban abarrotadas por la población que huía. Los refugiados afluían a la capital en busca de protección y una comida caliente, demasiado agotados para hablar de la inminente llegada de un cataclismo, anunciado por un cielo sin estrellas que aún no se había manifestado en Aquisgrán.

Olindo avanzó trabajosamente entre los campesinos, serpenteando entre ellos. Frente al bloque de pago de derechos, se encontró con un funcionario real, de aspecto severo y visiblemente molesto por el exceso de trabajo provocado por la incomprensible migración. Más gente significaba más esfuerzo para él, aunque su salario mensual no cambiara. Inmerso en la multitud, se ocupaba de dirigir a los refugiados lejos de los mercaderes, dispensando consejos y advertencias.

- ¿Queréis mover esas mulas apestosas? ¡Están bloqueando la carretera! - despotricó.

La voz atronadora del funcionario tuvo el efecto de acelerar la digestión de las tercas bestias, que seguían rumiando un mechón de hierba superviviente en las grietas del pavimento. El carro al que estaban unidas las mulas seguía con sus ruedas balanceándose sobre gastados bujes.

- ¿Y a qué esperas? ¿Parezco alguien que se mezcla con vagabundos? - Se volvió hacia Olindo con aire molesto, sólo para arrepentirse poco después al notar que, bajo el polvo que lo cubría, el viajero vestía ropas dignas de hombres de noble estirpe. - Perdóneme, señor, por mi insolencia. ¿En qué puedo servirle? - Inclinó humildemente la cabeza.

- Deseo que me conduzcan inmediatamente a palacio. Tengo comunicaciones urgentes para el rey. - El alguacil mayor, ese era su trabajo, se cuidó de no cumplir la orden. - ¿Tiene oídos para oír? No tengo tiempo que perder, precededme o apartaos de mi camino -le invitó entonces el caballero.

- Tengo los oídos bien abiertos, señor. Pero no tengo autoridad para serviros en lo que me pedís. Los extranjeros deben tener un pase firmado por la autoridad del obispo para entrar en la ciudadela.

- ¿Desde cuándo?

- Desde el día en que el Rey otorgó poder adicional a ese hombre erudito llamado el Exactor. Ahora está al mando, aunque nadie puede reunirse con él si no es por invitación suya. Para la mayoría, su rostro es tan desconocido como podría serlo el de un espectro.

- No te entiendo cuando hablas del Exactor. ¿Quién es él? Dale un nombre.

El recaudador de impuestos se dio cuenta de que había ido demasiado lejos con sus palabras y volvió a posiciones menos comprometidas. - Siento no poder ayudarte.

- ¿Se limitará a una disculpa? - El funcionario asintió. Olindo perdió la paciencia y entró bruscamente en la ciudad, haciendo caso omiso de los permisos.

Se detuvo justo después del control para dar una segunda oportunidad al gabellier. - Si no quiere escoltarme, iré solo. Pero tendré que presentar una denuncia contra usted después de entregarle esto.

Levantó el mensaje con el sello del marqués.

El otro hombre se mordió el labio y profirió una maldición contra su propia estupidez. - ¡Eh, tú! Escoltad al noble señor a palacio, ¡al paso ligero!

Dos de los cuatro jóvenes lacayos que, en ausencia del gabellier, habían regulado el flujo entrante, se colocaron delante de Olindo, apartando con áspera diligencia a cualquiera que se interpusiera en su camino, para no ser engullidos por la retorcida serpiente humana que obstruía la avenida.

Las afueras de la ciudad estaban sumidas en un frenesí sin igual. Atravesaron calles estrechas repletas de puestos callejeros que vendían mercancías raras. Los vendedores rodeaban a los campesinos con ofertas asombrosas, e incluso los refugiados de las montañas de la Marca se detenían fascinados ante tal o cual maravilla de países cuyos nombres eran impronunciables y, por tanto, exóticos.

En la plaza mayor de Aquisgrán, a la vista de sus compatriotas en plena huida, los comerciantes de la Marca bajaban los precios hasta lo impensable, reduciendo a la mitad el valor de las mercancías para poder deshacerse de ellas. Pretendían liquidar existencias, en previsión de tiempos difíciles. No sabían lo que les esperaba, pero escapar era más fácil si sólo quedaban muchas monedas de plata para agobiarlos.

La llegada al palacio fue anticipada por el adelgazamiento de las zonas comerciales, sustituidas por altos edificios con majestuosas entradas y placas de piedra que indicaban las oficinas destinadas a expedir autorizaciones administrativas o los tribunales de justicia donde podían firmarse contratos según las formas del Reino.

Al salir a un amplio espacio hexagonal abierto, Olindo casi choca con el palacio. Protegiendo el portal había una docena de guardias con armas de desfile. Eran diferentes de los que le habían escoltado hasta allí, se notaba en la eficacia militar que se adosaba a su figura.

Las corazas de cuerpo entero habían sido pulidas con piel de ciervo y reflejaban la imagen de los finos hilos de lana verde que decoraban sus cuellos y codos en las placas y los hombros. Los yelmos, coronados por cincelados en forma de quimeras, sólo dejaban entrever los ojos vigilantes, vueltos hacia él. Las armas no estaban a la vista, pero los guardias llevaban las manos a la empuñadura de las espadas, afiladas para proteger y dar muerte.

Una petición perentoria se dirigió al caballero: - ¡Date a conocer!

- Soy Olindo de Argonne, vasallo del señor de la región de Espaniola y fiel servidor del rey Karius.

- ¿Qué os impulsa ante la morada real? - El hombre que le interrogaba era el segundo maestre de palacio, cargo denotado por el friso de oro grabado en su casco. Si su importante papel no era suficiente para otorgarle autoridad, su tamaño, dos metros de altura para un peso que podía repartirse entre dos personas normales, le habría ayudado.

- Tengo un mensaje urgente para nuestro soberano. - Olindo agitó el documento sellado.

El soberano se acercó a él con cautela. A poca distancia, examinó el sello con mirada experta, reconociéndolo como auténtico.

- Me encargaré de transmitir el mensaje al rey. - Le tendió la mano para que se lo entregara. Olindo no movió un músculo.

- Debo llevarlo personalmente. Esas son las órdenes que he recibido. ¿No querréis atentar contra mi honor impidiéndome cumplir lo que ordenó mi señor?

El oficial pareció desconcertado por la contundente postura. Bajó la mano y sacó una solución de su gran experiencia.

- Iré a verle -dijo-. - Iré a ver cómo es posible proceder. Mientras tanto, no se mueva de aquí.

Se despidió con un saludo muy formal y luego entró en el edificio por una puerta trasera que Olindo no habría sabido que existía si el hombre no hubiera pasado por allí.

El tiempo pasó lentamente. Los guardias reales que quedaban lo inmovilizaron con la mirada. Había sospecha en aquellos ojos y no se ocultaba tras una cortés fachada.

Unas gotas de sudor corrían por su frente, a pesar del día nada caluroso. La escarcha de las montañas de la Marca le había seguido en su viaje a la capital.

El retraso se acumulaba, tan injustificado que mereció una protesta a la que Olindo estaba a punto de dar voz cuando regresó el oficial, seguido de cerca por un homúnculo de cabeza rapada, vestido con el estrecho hábito de los Penitenciales.

- ¿Qué hacéis? - preguntó Olindo molesto, al comprobar que no tenían intención de dejarle entrar. - Os envío a tener una audiencia con el rey, ¿y volvéis con un clérigo?

- Señor, seguidme -le invitó el monje-. - Os llevaré ante el Exactor. Él os escuchará. - Ante su gesto, los guardias despejaron el camino.

- No tengáis prisa. Os seguiré si me aseguráis que seré recibido por el rey Karius.

El clérigo consideró irrelevante la petición de Olindo.

- Sólo puedo aseguraros que el Exactor ha sido encargado por el propio Rey para recibiros. Por aquí, señor. - Cabalgó por delante, precediéndole.

Olindo frenó su caballo, que había avanzado instintivamente para pasar por la puerta. - El mensaje del que soy portador es para Su Majestad. El Exactor apenas tiene derecho a poner sus ojos en él ante el Rey.

- Tiene plena autoridad. - El Penitenciario se ofendió gravemente. Si hubiera sido acusado de fornicación habría sufrido menos.

- Tú lo dices", replicó el caballero.

- ¡Lo dice el rey Karius! - gritó el monje.

- ¿He entendido bien? ¿Os negáis a llevarme ante él?

- Ya os lo he dicho...

- ¡No! No me haréis perder el día en inútiles disquisiciones jurídicas. - Olindo no quería que le llevaran de las narices y lo demostró con gestos inequívocos. Desmontó del caballo, desenvainó la espada y apoyó su punta en el suelo, apoyando las manos en la empuñadura en cruz. - Me obligáis a hacer valer mi derecho como caballero. Exijo que se convoque al Consejo de Condes. Que los Pares sean convocados al palacio, como no lo han sido durante demasiado tiempo, y con su sabiduría decidan si el mensaje que traigo debe ser llevado a la atención del Rey.

Nadie en el reino podría haber impedido que un caballero se sometiera al juicio de la asamblea. Con tantos testigos presentes, el Penitenciario puso buena cara.

- Si ésta es vuestra voluntad, será respetada -se inclinó finalmente.

Olindo había esperado que el hombre llegara a un compromiso mutuamente satisfactorio. En cambio, tal y como estaban las cosas, según la tradición, habría tenido que quedarse en la ciudad quién sabe cuántos días más y comparecer ante el consejo. En definitiva, la citación había sido un arma de doble filo. Frustrado, jugó su papel a fondo.

- Sí, mantengo mis palabras. En el nombre de Dios Todopoderoso, por el honor de mi Señor y de mi espada. - Se llevó la mano derecha al corazón para sancionar la irrevocabilidad de la fórmula sacramental.

- Buscad un lugar donde alojaros y acordaos de comunicarlo a palacio. Se os informará de la reunión a su debido tiempo. - El monje le dio la espalda bruscamente al volver a entrar en la ciudadela real.

Antes de que la puerta se cerrara estrepitosamente en sus narices, Olindo distinguió la figura de un hombre en el segundo piso del palacio. Había recibido la tonsura y su rostro había sido afeitado recientemente, actos inconcebibles para un noble franco. Palpitó de emoción al adivinar que aquel rostro, entregado ahora a la contemplación, pertenecía al propio rey Karius.

¿Había entregado su dignidad a cambio de qué?

En otras circunstancias, Olindo habría lavado con sangre el doble ultraje del que había sido objeto. En primer lugar, no había sido recibido en la corte, a pesar de llevar un mensaje de un marqués. En segundo lugar, se permitía que meros clérigos estuvieran a cargo de los asuntos de Estado. Nada más ruinoso podría haber caído sobre el reino. Y si los cielos hubieran traído el presagio aquella noche, los Penitenciales habrían ganado más poder.

El maestro de palacio le aconsejó que buscara alojamiento en el cuartel militar permanente situado más allá de los edificios administrativos. En aquella época del año estaba casi desierto y no le sería difícil encontrar alojamiento. A Reinhard le costó encontrar sitio en la calle indicada, porque los dormitorios aristocráticos ocupaban un edificio anónimo de dos plantas, idéntico a los demás de la misma calle. La fachada de arenisca tenía como letrero una veleta con un unicornio plateado, estirado en lo alto, con las patas retraídas.

- Peor que la ratonera de un mercader", murmuró en voz baja al evaluarlo, una vez hubo desatado la francisca de los arreos del caballo. Verse obligado a caminar armado con un hacha por las calles de la capital era presagio de desgracia.

Por el contrario, nada más entrar se dio cuenta de que su dinero estaría bien empleado. La planta baja terminaba en el espacioso comedor, decorado con finos tapices. Los aromas de la comida de las cocinas, que en los campamentos reales eran vulgares, atestiguaban en cambio la bondad de la dirección, difundiendo en el aire fragancias de especias levantinas.

Una voz femenina, perteneciente a una muchacha que acababa de pasar la veintena, le saludó con modales apropiados.

- ¡Gloria a Nuestro Señor que os ha traído a la capital del Reino! Es un honor servirle, señor. - De tez y cabello oscuros, la joven no poseía una belleza exaltada, pero era agradable en sus rasgos y modales.

- Tendré que quedarme en Aquisgrán unos días", le dijo. - La disponibilidad de una cama cómoda y una buena comida me aliviarían mucho. - Añadió la recomendación de que se presentara en nombre del señor de palacio.

La muchacha sonrió radiante. - Ha venido al lugar adecuado. Por favor, sígame, le mostraré dónde dormirá.

Ella le precedió hasta el piso superior, donde las habitaciones, en pares opuestos, se apiñaban en un pasillo sin ventanas, que recibía poca luz de las antorchas colgadas en las paredes. Se detuvo ante una habitación del fondo.

- Espero que sea de su agrado -le incitó la joven, abriendo la puerta con una llave elegida sin demora de entre las docenas que guardaba atadas a una argolla de hierro.

El interior era espacioso, iluminado por una gran ventana adornada con cristales de colores. La ventana daba a la calle y recibía directamente la luz del sol. La intención había sido resaltar la ligereza de la estancia mediante el contraste de iluminación entre el pasillo y la habitación.

- Estoy seguro de ello -concluyó, ablandado tras la grosería que le había perseguido al principio del día-.

- ¿Necesita algo más?

La figura torneada y atractiva de la muchacha le sugirió algunos pensamientos impúdicos que tardaron en desvanecerse. Olindo amaba la compañía de las mujeres tanto como la buena literatura.

Se sacudió aquella concupiscencia impropia de la importancia de la misión y habló.

- No.... en efecto, sí -se corrigió-. - ¿Podría darle a mi caballo un alojamiento cómodo? Está atado fuera.

- Como usted ordene, señor.

El tintineo de dos denarios de plata, uno para el mozo y otro para ella, alegró a la doncella. Creyendo que no la verían, los escondió en su pecho, bajo la túnica, donde los ojos de un hombre no debían posarse tan fácilmente; finalmente se marchó en silencio.

El silencio de la habitación permitió a Olindo orientarse. Convocar al Consejo de Condes debería haber sido un recurso a explotar en caso de que el rey no leyera entre las líneas del mensaje la gravedad de la amenaza inminente. Así lo había acordado con Reinhard. Había desperdiciado esa oportunidad de antemano y podía ser un grave error desautorizar al soberano por no escuchar al sentido común. En medio de la reflexión, se tumbó en la mullida cama y renunció a resistirse al sueño, que ya le acechaba desde hacía algún tiempo.

Un ruido molesto le despertó. Estaba oscuro.

Sus ojos tardaron unos instantes en adaptarse a las inesperadas condiciones de luz, pero cuando lo hicieron, divisó una figura apoyada en la pared opuesta a la cama, cerca de la puerta. Olindo palpó las mantas en busca de la francisca que había estado descansando con él. Faltaba el hacha.

- No te preocupes. Las armas sólo son útiles cuando no se puede hablar. Y yo quiero discutir contigo -le dijo el intruso.

La hoja de la francisca robada brillaba en sus manos, en el reflejo de la palidez de la luna. El arma acabó alojada contra la pared.

Olindo reconoció el timbre de la voz. Le resultaba familiar, pero no podía relacionarla con ningún rostro.

- No es mi costumbre hablar con gente que se oculta aprovechando la oscuridad -aclaró el caballero.

Su interlocutor soltó una carcajada.

- Tienes razón. Es una buena costumbre. Actuando como dices, vivirás más tiempo. - Se alejó unos pasos de su rincón, lo suficiente para que cayera en la escasa luz natural que se filtraba por la ventana de cristal.

- Eres el hermano Alcuino -adivinó Olindo-.

- En esta ciudad soy más conocido como el Exactor. - El anciano profirió una reverencia demasiado estudiada para no descender a la farsa. Ambos callaron. - ¿Se te ha secado la lengua, Olindo de Argonne? - le apremió.

El caballero encendió la vela colocada a un lado de la cama; el tenue resplandor no iluminó mucho la habitación.

- ¿Qué te impulsa a irrumpir en mi habitación como un ladrón? - exigió saber Olindo.

- Creía que habías venido a la capital para comunicarme una información de suma importancia. Te esperaba, pero preferiste otros caminos.

- Elegí el camino menos plagado de obstáculos.

Contrariado, Alcuino torció la boca. - La lealtad es una enfermedad mortal si sólo está presente de un lado en una amistad. ¿No fue Reinhard quien insultó a tu familia al rechazar la mano de tu hermana Aude en matrimonio con un pagano converso? ¿Has perdonado también ese insulto? Aude no.

- Ya lo sabes", vaciló Olindo.

El voto de fidelidad de Aude ante Roncesvalles había sido un secreto que sólo conocían tres personas, y en aquella habitación no había nadie más que él.

- Sé mucho, sobre mucha gente. Quizá demasiado.

- Después de todo, ¿qué quiere de mí?

En el tono de los hombres acostumbrados a ser obedecidos, el monje hizo su petición: - Exijo que me entregues el mensaje del Señor de las Marcas. De inmediato.

Exudaba un enorme caudal carismático, que intimidó a Olindo. No era una impresión, era un poder que usaba contra él.

- Usted no lo tendrá.

- Reflexiona sobre lo que haces. ¿Por qué sacrificar tu vida por nada? No es el momento de convocar al Consejo, todavía no. Mi ascensión está en marcha, pero no está completa. Tu intervención podría causar retrasos que nunca aceptaría.

Olindo se vio bloqueado por una fuerza irresistible que se había introducido en su mente para controlarlo, una energía que libraba una batalla, segura de que ya había ganado. El poder de Alcuino le transmitía visiones de dolor futuro.

- ¡Eres un demonio! - vociferó el caballero, molesto-. - No deberías temer al Consejo, serías capaz de aniquilarlo a tu antojo.

Capítulo 8: Poder oscuro y profecía

El Exactor rió, bilioso. - ¡Idiota! No lo temo, ni me preocupa. Simplemente no es el momento oportuno para su convocatoria. Es demasiado pronto para llevar a cabo mis planes. Vamos, entrégame el mensaje, sin más preámbulos. - Los dedos desnudos, temblorosos de impaciencia, se extendieron hacia el caballero.

El poder que emanaba del Exactor estalló de nuevo, tomándolo bajo su control. Un suspiro más y Olindo habría sido arrollado. La acción era su única esperanza de salvación. Si alcanzaba la puerta, el monje no podría detenerle. Se movió rápidamente hacia la derecha, fuera de la cama, apagando la vela con un gesto, y la habitación quedó a oscuras.

A pocos pasos de la salida, el Exactor levantó la mano extendida, murmurando una antigua letanía en la lengua de los Pueblos del Norte, pero con una cadencia surrealista, no humana. La visión de Olindo se nubló cuando sus piernas dejaron de sostenerle, al igual que el resto de su cuerpo. Cayó al suelo boca abajo, sin voluntad.

El poder del Maligno, ese poder no podía ser otra cosa que magia negra, pensó. No lo creía, aunque lo había sentido. Dudaba mucho que su frágil fe pudiera contenerlo.

- Has elegido la muerte y la tendrás, según tus deseos -afirmó el Exactor, avanzando para acabar con la presa.

Olindo esperó a que cayera sobre él el merecido castigo por su imprudencia. En vano.

El pestillo de la puerta giró, accionado desde el exterior. Acompañada de un hombre musculoso, la criada entró, tímidamente, con una lámpara de aceite en la mano.

- Señor, hemos oído ruidos", insinuó la joven antes de verle de pie y sobresaltada por la presencia de la otra persona. Intimidada, perdió el agarre de la lámpara, que se rompió contra las tablas del suelo, esparciendo una mancha llameante por todas partes.

Alcuino, distraído por el interludio, aflojó el poder que bloqueaba al caballero. Se había abierto un resquicio en la jaula invisible construida por el Penitencial, así que Olindo lo aprovechó. Agarró la francisca y tuvo el impulso de lanzarla contra el Exactor. Con sólo pensar en actuar, fue lanzado hacia atrás por una barrera invisible colocada para salvaguardar al monje.

Escapar seguía siendo la mejor alternativa, así que el caballero se catapultó contra la pared de cristal, atravesándola.

Habiendo perdido a su presa, un grito de rabia sin límites de Alcuino golpeó a la muchacha y a su acompañante.

Bajo el cielo despejado, aún incrustado de estrellas, Olindo aterrizó en el pavimento dolorosamente sólido con un estrépito de cristales rotos, con la francisca aferrada en la mano. Por suerte para él, no había guardias merodeando por la calle.

El jinete se volvió a la carrera y vio al Exactor, a lo lejos, asomado a la ventana desde la que se había arrojado.

- No escaparás de mí. ¡A última hora serás mío! - le gritó el monje.

Olindo tuvo la tremenda certeza de la verdad de su intimidación.

Ocultando su arma bajo la túnica, flanqueó las casas aterrorizado por la persecución del recaudador de impuestos. ¿Quién podría detener a un hombre que poseía tales poderes? Ningún otro hombre. Se estremeció al pensar en demonios y hechiceros dispensando magia negra en la larga Noche de los Espíritus.

Protegido por un rincón oscuro, se detuvo con las piernas doloridas de tanto correr. En su prisa por escapar de su perseguidor, había penetrado en el barrio obrero, formado por casuchas bajas y calles estrechas, adornadas con una innumerable serie de balcones bajos que reducían el ya estrecho espacio entre los dos lados de las calles, apenas iluminadas por antorchas medio gastadas colocadas en cada vivienda. Era un lugar seguro para aquella noche. Al día siguiente pensaría qué hacer, suponiendo que no lo atraparan.

- ¡Señor, venga!

La llamada le sobresaltó. Un niño de unos diez años había aparecido de una casa y pugnaba por llamar su atención. Olindo, tras cerciorarse de que no había nadie más a la vista, se puso en movimiento.

Al llegar cerca de la casa, el niño lo agarró por una solapa de su capa, lo arrastró al interior y cerró la puerta tras ellos, de un salto por miedo a ser descubierto.

En la casa se respiraba pobreza. El aroma de los bollos de harina de bellota cocinados bajo las brasas del hogar impregnaba el aire. Una lámpara colgaba balanceándose del techo, acortando y alargando las sombras en rítmica oscilación. Junto a Olindo y el niño había dos personas: un hombre enjuto de rasgos campesinos que podría haber sido el padre del joven, y una mujer alta y delgada sentada en un banco junto al fuego.

Fue su figura lo que más llamó la atención del caballero. Tenía el rostro demacrado, la tez cérea y el pelo negro peinado en trenzas a la manera de las mujeres sajonas, ahora canoso en las raíces, prueba de un cuerpo claramente marcado por un gran esfuerzo. Pero los ojos... Eran los que le daban un aspecto verdaderamente interesante. Se los habían quemado con un hierro candente, el primer castigo para los paganos que demostraban ser falsos en su conversión. Aquel síntoma de ceguera absoluta no le impidió inspeccionar al fugitivo de arriba abajo, como si pudiera ver.

- Sí, soy ciega -confirmó la mujer. Se levantó y fue hacia él. - Pero a veces no son los ojos los que pueden decirte la verdad sobre las personas. ¿Me equivoco, Olindo?

- ¿Cómo sabes mi nombre? - preguntó el caballero, que había empezado a sospechar.

- Nuestros caminos deben haberse cruzado, pues los acontecimientos de esta noche me son conocidos. El Exactor es un enemigo poderoso y su amenaza va en aumento.

Con un rápido juego de manos, la mujer compuso un símbolo sobre el brazo del caballero. El ardor aumentó gradualmente, de modo que Olindo tardó unos instantes en darse cuenta de que había sido herido. El gesto fue intencionado, aunque no para infligir sufrimiento. Los rasgos se volvieron claros en su simplicidad cuando la herida resultó ser una runa tallada directamente en la piel.

- ¡Es el arte de una bruja! - se estremeció Olindo.

Parecía indefensa, pero el caballero percibió en ella una energía comparable a la de Alcuino, aunque profundamente diferente.

- No temas -lo animó la ciega-. - En esta lucha no estarás solo.

Extendió los brazos para atraerlo hacia ella. Inconscientemente, el caballero hizo lo mismo, y una oleada de poder positivo la invadió. Ella se resistió obstinadamente, pero finalmente se dejó arrastrar.

Y saboreó el futuro.

POTER OSCURO Y PROFECÍA

EL COMIENZO DE LA LEYENDA DE GORGO

Copyright ©2024 – LUCÍA HECHICERÍA

Todos los derechos reservados

Queda terminantemente prohibida la reproducción, divulgación o difusión de cualquier parte de este contenido, ya sea en formato físico, audio o por medios electrónicos o mecánicos, sin el consentimiento expreso del editor. Esto incluye, entre otras cosas, copiar, compartir o transmitir cualquier parte del material en cualquier formato o medio. No obstante, esta restricción no se aplica a extractos breves utilizados en reseñas, análisis académicos o ensayos periodísticos, siempre que se cite debidamente la fuente original. Cualquier uso o distribución no autorizados de este contenido puede dar lugar a acciones legales.